FABLIAUX RIGOLOS

FABLIAUX RIGOLOS

(pour petites et grandes mains)

© 2021 – Domaine Public
Édition : BoD – Books on Demand,
12/14 rond-point des Champs-Élysées, 75008 Paris
Impression : BoD - Books on Demand,
Norderstedt, Allemagne

Illustration : La parabole des aveugles - Pieter Brueghel l'Ancien - 1568

ISBN : 9782322402359
Dépôt légal : Novembre 2021

AVIS

Je vous avais annoncé, il y a peu, la parution des *Lais & Fables* de Marie (dite) de France. En effet, ce maillon était nécessaire pour mieux cerner le sel de certains fabliaux, un brin caustiques, et qui constituent une parodie de ces Lais évoquant le monde de la chevalerie, des fées, et de l'amour courtois.

Dans *De sire Hain et dame Anieuse*, par exemple, nous constatons que nous sommes loin de cet amour courtois, où le chevalier servant soupirait pendant quelques années avant de pouvoir espérer mettre la belle dans son lit – n'est pas Henri IV ni le Roi Soleil qui veut[1].

Comme certains fabliaux sont souvent volontiers grivois, voire un peu scatologiques – on ne s'embarrassait pas trop de fioritures, en ces temps-là, trop occupés à se battre afin de survivre pour avoir le temps de se masturber le neurone avec l'*écriture inclusive*, le « *politiquement correct* », ou autre *wokisme* ; dont je me demande finalement s'ils ne sont pas destinés à détourner notre regard des problèmes cruciaux de notre époque, à savoir le réchauffement climatique[2] et le fascisme qui monte irrémédiablement, pour instaurer un Nouvel Ordre Mondial – je m'en suis promptement "débarrassé" dans un premier volume, intitulé *Fabliaux Coquins*.

Les fabliaux présents donc dans cet ouvrage sont à mettre entre toutes les mains, contrairement aux précédents. Ils sont, en majorité,

---

1 À vrai dire, ce mouvement était bien moins prude que celui que les Précieuses ont instauré en opposition aux débauches Ludoviquiennes, ainsi que du Régent (1715-1725) avec leur Carte du Tendre et tout le falballa…(J'ai lu, dans l'*Histoire de France pour ceux qui n'aiment pas ça*, de Catherine Dufour, une anecdote d'un gars qui a patienté une bonne douzaine d'années avant d'obtenir l'objet de sa flamme – autant dire qu'à la nuit de noces, la donzelle a dû prendre tout chaud.) Ces dames se laissaient alors aller jusqu'à certaines privautés, en une sorte d'initiation des pages et jeunes chevaliers.

2 Qu'on me pardonne, mais j'ai parfois bien du mal à me convaincre que la planète se réchauffe quand, au 28 novembre, soit bien avant l'entrée officielle dans l'hiver, il neige en plaine depuis deux jours, après une vague de gelées nocturnes et de journées à température à peine positives.

extraits de l'opus *Fabliaux ou Contes* traduits par Legrand d'Aussy, édité à Paris en 1829 ; ainsi que d'un *Recueil Général des Fabliaux* d'Anatole de Montaiglon (Paris, 1847) et que j'ai mis en langage plus contemporain.

Il se trouve ici certains fabliaux résumés à leur plus simple expression, tel *Les deux parasites, Du Villain et de l'Oiselet,* ou encore *Les deux bourgeois et le villain,* mais que j'ai maintenus, en raison de leur proximité avec certaines anecdotes du principal personnage objet de mes études, j'ai nommé Nasr Eddin Hodja. Comme je l'ai déjà dit, les histoires de ce dernier, fruits d'une tradition orale sans barrière ni chronologique ni géographique, ont beaucoup à voir avec certains fabliaux ou histoires médiévales (telles celles de *Till l'Espiègle* ou le *Roman de Renart,* par exemple – elles-mêmes inspirées de contes orientaux, comme le *Panchatantra*). Qui a emprunté à qui ?

Reste le plaisir de ces bons tours, ou Farces, ancêtres des Facéties, plus à la mode à la Renaissance, et qu'on retrouvera chez des auteurs tels Bonaventure des Périers, le Pogge, ou encore le Curé Arlotto, parmi tant d'autres[3].

Le plaisir s'accroît, dit-on, lorqu'on le partage. Je vous en souhaite donc une bonne part.

Christophe Noël

---

3   Les trois auteurs cités ont fait l'objet d'une publication par mes soins chez l'éditeur BOD.

Trouvères, Ménestrels et Goliards

Les ménestrels ou ménestriers

Le ménestrel faisait partie des domestiques des cours seigneuriales (littéralement, leur nom, qui vient du bas-latin ministralis, serviteur, signifie justement petit domestique) et sa tâche était de distraire le seigneur et son entourage avec des chansons de geste (histoires qui parlaient de pays éloignés ou qui racontaient des événements, réels ou imaginaires) ou leur équivalent local.

Les cours seigneuriales devenant plus raffinées et plus exigeantes, les ménestrels y furent finalement remplacés par des troubadours et beaucoup se firent ménestrels errants, s'adressant au public des villes. Sous cette forme, l'art des ménestrels a continué à être exercé jusqu'au milieu de la Renaissance, bien qu'il n'ait cessé de décliner dès la fin du XVe siècle. À partir du XIVe siècle, il fait partie d'une corporation, la ménestrandise.

À Paris, la plupart d'entre eux fait partie d'une corporation ancienne, dite "corporation Saint-Julien des Ménétriers", créée en 1321 dont les statuts ont été confirmés le 24 avril 1407. La corporation possède son hôpital et sa chapelle Saint-Julien-des-Ménétriers. Comme dans toute corporation, on y distingue les apprentis et les maîtres, qui ont passé les épreuves de la maîtrise. À leur tête était le "roi des ménétriers" (certains furent assez célèbres, tels Guillaume Dumanoir ou Louis Constantin).

Il y avait aussi des joueurs d'instruments indépendants, qui travaillaient hors de la corporation (notamment, les organistes des églises, les maîtres de clavecin, de flûte, etc. qui apprenaient leur instrument aux bourgeois et aux nobles). Les instruments des ménétriers sont le plus souvent le violon, la flûte, le hautbois, la musette, la vielle, la trompette, la saqueboute. Beaucoup d'entre eux pouvaient jouer de plusieurs instruments (typiquement : hautbois et violon).

Après de multiples procès perdus qui lui avaient été intentés par Lulli, les violons du roi, les musiciens de l'opéra, les principaux compositeurs et les instrumentistes les plus en vue se produisant au concert spirituel, la corporation est supprimée en 1776

Les trouvères et troubadours

Le trouvère est un poète et compositeur de langue d'oïl au Moyen Âge (les trouveresses sont les femmes trouvères). Il est l'équivalent du troubadour poète et musicien de langue d'oc.
Les troubadours sont apparus avant les trouvères, ces derniers copiant et modifiant par la suite le système les premiers.

Les trouvères composaient des chants qu'ils pouvaient interpréter ou faire jouer. Un musicien qui chante des poésies, s'accompagnant d'une vièle, est appelé un jongleur. Des ménestriers ou ménestrels sont formés dans des écoles spécialisées de ménestrandie. De culture d'oïl, dans le Nord de la France, pendant le Moyen Âge, cet essor correspond à l'œuvre des troubadours, de langue d'oc, dans le sud de la France.

Les trouvères utilisent la langue d'oïl au lieu du latin, qui commence à se perdre dans le domaine de la poésie, et contribuent par là à la création d'une poésie en langue française (passant par le *roman*). Les trouvères inventent leurs mélodies et les accompagnent de ritournelles instrumentales. Ils écrivent, sur le thème de l'amour courtois (qui décrit la façon de se tenir en présence d'une femme), des pièces chantées le plus souvent par des chevaliers liés par le serment de l'hommage à leur femme mais aussi des exploits chevaleresques.

Les trouvères utilisent plusieurs genres de poésie. Ce sont entre autres le rotrouenge, chanson à refrain, le serventois, chanson badine, le rondeau, la tenson ou le débat, le jeu-parti, discussion poétique ou amoureuse, la pastourelle, dialogue champêtre. C'est toujours d'amour courtois qu'il s'agit. Mais il y a également le lyrisme satirique de Rutebeuf.

Quelques trouvères célèbres : Adam de la Halle ; Audefroi le Bâtard ; Baudouin de Condé ; Bertrand de Bar-sur-Aube ; Chardon de Croisilles ; Jean de Condé, son fils ; Blondel de Nesle ; Jean Bodel ; Gace Brulé ; Charles d'Orléans ; Conon de Béthune ; Le Châtelain de Coucy ; Eustache Le Peintre (ou de Reims) ; Gauthier de Coincy ; Gillebert de Berneville ; Huon de Villeneuve ; Jacques de Cysoing ; Jehannot de Lescurel ; Othon de Grandson ; Pierre Mauclerc ; Robert de Blois ; Rutebeuf ; Thibaut IV de Champagne ; Watriquet de Couvin ; Richard Cœur de Lion.

Les Goliards

Les Goliards sont traditionnellement désignés comme étant des clercs itinérants (latin : clerici vagantes ou clerici vagi) des XIIe et XIIIe siècles qui écrivaient des chansons à boire et des poèmes satiriques (et parfois d'amour) *en latin*. Ils étaient principalement issus des écoles puis des universités de France, d'Italie, d'Angleterre et de l'Empire, et protestaient contre les contradictions grandissantes au sein de l'Église, telles que l'échec des Croisades et les abus financiers, ainsi que contre certains écarts de la royauté et de la noblesse. Ils s'exprimaient en latin à travers la chanson, la poésie et la représentation théâtrale. De nombreux poèmes de l'ensemble des *Carmina Burana* appartiennent à ce mouvement.

Il est difficile de connaître précisément qui étaient les individus nommés goliards, compte tenu du fait que la majorité des textes qui nous sont parvenus et qui sont considérés comme relatifs à la poésie des goliards sont anonymes ou affublés d'un pseudonyme (Primat, Archipoète,...) rendant inefficace toute tentative d'identification par les historiens. Le sujet, longtemps vu comme singulier et distrayant, n'a généralement, sauf quelques ouvrages, été traité qu'en marge d'autres sujets concernant les populations estudiantines à l'époque médiévale.

Les Goliards étaient vraisemblablement des étudiants majoritairement de droit. En effet, le passage de l'état de béjaune à celui de clerc se passait au sein de la Basoche[1] (anciennement Bazoche). Or, qui n'avait pas subi ces épreuves de béjaunage, ancêtre du bizutage moderne, n'était ni reconnu, ni estimé au sein de l'Université.

Les basochiens, comme ils se nommaient, possédaient une structure très puissante, étendue au-delà de la France, comme en témoigne encore actuellement un Ordre de la Basoche dans la ville de Liège en Belgique. Ils sont généralement reconnus comme les principaux créateurs du théâtre ainsi que de nouvelles façons de pratiquer les spectacles. Loin d'être opposés à l'Église, car c'est en jouant des scènes à caractère religieux qu'ils débutèrent sur les planches au cœur même de ces bâtiments, ils se retrouvèrent rapidement sur les parvis où ils étoffèrent bientôt leur répertoire de pièces satiriques et impertinentes. Leurs attaques ciblèrent jusqu'aux plus grands ; le Roi de France lui-même ne fut pas épargné.

Les interdits commencèrent dès lors à tomber, et ils durent se scinder. Ils créèrent la troupe de théâtre « Les Enfants sans souci », qui n'était en somme qu'une antenne de la Bazoche. Il est probable que, avant que l'idée de la troupe ne leur vînt, ils enfantassent les Goliards, ces clercs itinérants dont la réputation devint rapidement synonyme de mauvaise vie, et qu'ils s'empressassent d'ajouter à leurs statuts que nul clerc de la Bazoche ne pouvait être ni Goliard, ni marié.

---

1 La basoche était une corporation d'étudiants, de juristes comprenant notaires, huissiers, juges, avocats, procureurs et gens de justice et résidant au Palais royal de l'île de la Cité (actuel Palais de justice), sous l'Ancien Régime. Le terme de « basoche » vient du mot latin basilica, lui-même issu du grec ancien βασιλική basiliké ; les membres de la guilde étaient désignés sous le nom de clercs de la basoche ou basochiens.
À noter qu'un quartier de la ville de Pavillons-sous-Bois (93) s'appelle la Basoche.

La tradition littéraire ecclésiastique fait dériver ce terme du combat philosophique qui opposa Pierre Abélard[2], professeur en théologie renommé de l'Université de Paris, et saint Bernard de Clairvaux. Abélard était aimé par ses étudiants et ceux-ci soutinrent sa cause en s'emparant du nom à leur profit. Le mythique évêque Golias dont ils se prétendaient issus n'était donc autre que Pierre Abélard, dressé pour faire valoir leur position d'étudiants cultivés et de gros buveurs parodiant les autorités politiques et ecclésiastiques.

La poésie goliardique a eu une réelle influence dans la littérature. En effet, elle s'écrivait le plus souvent en vers latins suivant une prosodie plus naturelle basée sur les accents toniques, et contribua à libérer la poésie latine du carcan de la prosodie grecque. Ce mouvement littéraire permit l'émergence d'une nouvelle forme de versification sacrée en latin, comme le *Dies iræ* de Thomas de Celano ou le *Pange Lingua* de Thomas d'Aquin qui adoptent les formes latines poétiques que les Goliards avaient contribué à développer. Le XIIe siècle voit également se développer l'abandon de l'ancienne poésie métrique latine - fondée sur les mètres des mots- au profit de la poésie rythmique - fondée sur le rythme et le nombre de syllabes par vers- et rimée.

Le mot « goliard » perdit ses connotations cléricales en passant dans la littérature française et anglaise du XIVe siècle avec le sens de jongleur ou de ménestrel itinérant. C'est ainsi qu'il faut l'entendre dans Pierre le laboureur et chez Chaucer.

Principaux Goliards : Huon ou Hugues d'Orléans, dit Primat ; L'Archipoète de Cologne ; Gautier de Châtillon ; Hildebert de Lavardin ; Philippe le Chancelier ; Pierre de Blois ; Rutebeuf.

---

2   Celui d'Abélard et Héloïse, oui.

Du villain Asnier

Il y avait à Montpellier un paysan qui avait l'habitude de charger ses deux ânes de fumier pour le vendre comme fumure.
Un jour qu'il avait chargé ses ânes, sans tarder il entra dans la ville, conduisant ses animaux à grand peine, les excitant de ses cris et les aiguillonnant d'une fourche.

Il fit tant qu'il entra dans la rue des Épiciers. Les apprentis y battaient les épices dans les mortiers, et quand il sentit leur odeur, notre ânier tomba raide évanoui tout comme s'il était mort : il n'aurait pu faire un pas de plus même pour cent marcs d'argent comptant.
Aussitôt ce fut la désolation et la crainte ! Des gens disaient : « Pitié, mon Dieu ! Voyez ce cadavre ici ! » Car ils redoutaient une épidémie. Les ânes pendant ce temps se tenaient là tranquilles avec leur chargement, car cet animal ne bouge pas si on ne l'y contraint.

Quand il y eut un bon attroupement, un petit futé qui avait tout vu, s'écria :
— Messieurs, si quelqu'un le souhaite, je veux bien guérir cet homme, mais contre des espèces sonnantes !
— Guérissez-le vite, et vous aurez vingt sous de ma bourse, s'écria un bourgeois.
— Bien volontiers, répondit notre homme.

Aussitôt il saisit la fourche avec laquelle le paysan excitait ses ânes, prit une fourchée de son fumier et la porta sous le nez de son propriétaire. Quand celui-ci huma la puanteur du fumier, il en perdit le parfum des herbes ; alors il ouvrit les yeux, se mit debout et se déclara guéri. Soulagé et heureux, il annonça que désormais il ne passerait plus jamais par là s'il trouvait un autre chemin.

Par ce conte, j'ai voulu vous montrer que celui qui ne s'obstine pas dans son orgueil agit en homme sensé et sage et que nul ne doit aller contre la nature.

Brifaut

L'envie me prend de vous raconter l'histoire d'un villain riche et ignorant, qui courait les marchés d'Arras à Abbeville : je commence, si vous voulez bien m'écouter.

Le villain s'appelait Brifaut. Il s'en allait donc un jour au marché. Il portait sur son dos dix aunes de fort bonne toile, qui lui frôlait les orteils par-devant et traînait au sol par-derrière. Un voleur le suivait, qui inventa une belle duperie.
Il enfile une aiguille, soulève la toile de terre et la tient serrée tout contre sa poitrine ; il la fixe sur le devant de sa chemise et se colle au villain dans la foule. Brifaut est pressé de toutes parts et notre larron tant le pousse et le tire qu'il le jette par terre. La toile lui échappe. Le voleur l'attrape et se perd au milieu des autres villains.

Quant Brifaut se voit les mains vides, il est submergé de colère et se met à crier de tous ses poumons :
— Mon Dieu ! Ma toile, je l'ai perdue ! Ma dame sainte Marie, à l'aide ! Qui a ma toile ? Qui l'a vue ?
La toile sur le dos, le voleur s'arrête et, prenant l'autre pour un sot, vient se planter devant lui et dit :
— De quoi te plains-tu, villain ?
— Seigneur, je suis dans mon droit, car je viens d'apporter ici une pièce de toile, que j'ai perdue.
— Si tu l'avais cousue à tes vêtements comme j'ai fait avec la mienne, tu ne l'aurais pas perdue en chemin.
Et il s'en va sur ce, sans en dire plus. De la toile il fait ce qu'il veut, car chose perdue n'a plus de maître.

Brifaut n'a plus qu'à rentrer chez lui. Sa femme l'interroge, s'informe des deniers.
— Ma mie, fait-il, va au grenier chercher du blé et vends-le, si tu veux avoir de l'argent, car en vérité je n'en rapporte goutte.
— Ah non, fait-elle, puisse une crise de goutte te terrasser sur l'heure !
— C'est belle chose à me souhaiter, ma mie, pour me faire encore

plus grande honte !
— Mais, par la croix du Christ, qu'est devenue la pièce de toile ?
— Je l'ai perdue, fait-il, c'est vrai.
— Et tu en as menti ! Que la mort subite t'emporte ! Filou de Brifaut, tu me l'as *brifaudée* ! Tu en as le gosier et la panse encore bien chauds ; ah bâfrer à pareil prix ! Ah, je te déchirerais à belles dents !
— Ma mie, que la mort m'emporte et que Dieu me foudroie, si je ne te dis pas la vérité !

Aussitôt, la mort l'emporta et sa femme fut dans de plus mauvais draps encore, tant elle rageait et enrageait. Son mari décédé, la malheureuse lui survécut dans le chagrin le plus extrême. Ici se termine notre histoire.

Brunain, la vache du curé

C'est l'histoire d'un villain et de sa femme que je raconte.
Le jour de la fête de Notre-Dame, ils allèrent prier à l'église. Le prêtre, avant l'office, vint prononcer son prône et dit qu'il faisait bon de donner au nom de Dieu, si on était raisonnable ; que Dieu au double le rendait à qui donnait de bon cœur.

Le villain : – Écoute belle amie, la promesse que nous a faite notre prêtre : à qui donne au nom de Dieu de bon cœur, Dieu multiplie ce qu'il a donné ; nous ne pouvons mieux employer notre vache, si bon te semble, qu'en la donnant au nom de Dieu au prêtre. D'ailleurs, elle donne peu de lait.
La dame : – Sire, je veux bien qu'il l'ait de telle façon.

Aussitôt ils s'en viennent à leur maison sans s'entretenir plus longtemps. Le villain entre dans l'étable, prend sa vache par la longe, va l'offrir au doyen. Savant était le prêtre et avisé.
— Beau sire, pour l'amour de Dieu je vous donne Blérain.
Il lui a mis la longe au poing, jure qu'il n'a plus de biens. Le prêtre Dom dit :
— Ami, tu as agi en homme sage. Retire-toi, tu as bien rempli ta mission. Puissent-ils tous être aussi sages, mes paroissiens, que vous l'êtes, j'aurais ainsi quantité de bêtes.

Le villain s'éloigne du prêtre. Le prêtre commanda sur-le-champ qu'on fasse, pour l'apprivoiser, lier Blérain avec Brunain, sa propre vache, fort grande. Le clerc mène Blérain en leur jardin ; il trouve la vache, ce me semble. Il les attache toutes deux ensemble, puis il s'en retourne et les laisse. La vache du prêtre se baisse, parce qu'elle voulait paître. Blérain ne veut l'endurer, mais tire la longe si fort qu'elle entraîne Brunain hors du jardin. Elle l'a tant menée à travers les maisons, les chènevières et les prés qu'à sa demeure elle est revenue avec la vache du prêtre qui l'embarrassait fort à traîner. Le villain regarde : il la voit, il en a grande joie dans son cœur.
— Ha ! belle amie, vraiment Dieu est un bon payeur en double, car Blérain revient avec une autre, une grande vache brune ; mainte-

nant, nous en avons deux pour une : petite sera notre étable.

Par cet exemple, ce fabliau montre que fou est celui qui ne se soumet ; celui-là est riche qui donne à Dieu, non celui qui cache et enfouit. Nul ne peut faire fructifier son bien sans grande chance, c'est la moindre des conditions. Par grande chance le villain eut deux vaches et le prêtre aucune.
Tel croit avancer qui recule.

Les deux Chevaux

Près d'Amiens, au village de Longueau, était un villain qui avait acheté, selon ses minces facultés, un petit roussin pour faire sa moisson. Pendant tout le temps qu'elle dura, il le fit travailler beaucoup, le nourrit fort mal, et quand les travaux furent finis et qu'il n'en eut plus besoin, il résolut de s'en défaire. Un samedi donc, après l'avoir bien étrillé, bien lavé, bien bouchonné, il lui mit un licou de chanvre, et, sans selle ni bride, le conduisit ainsi au château d'Amiens. Assurément il n'était pas besoin de mors pour le tenir : tout ce que pouvait faire le pauvre animal, c'était de marcher ; si vous l'aviez vu, il vous eût fait pitié, tant il avait le poil terne et tant ses côtes saillaient.

À mi-chemin, se trouvait le prieuré de Saint-Acheul. Un des moines étant venu par hasard à la porte quand le villain passa, il lui demanda si son cheval était à vendre, et dit qu'ils en avaient un au couvent dont ils voulaient se défaire et qu'on pourrait troquer contre le sien. Le manant accepta la proposition. On le conduisit à l'écurie, où on lui montra une grande et vieille haquenée au dos ensellé, au cou de grue, haute du derrière, basse devant, et si maigre, qu'on ne pouvait la regarder sans rire.

Ce fut là aussi toute la réponse que fit le villain. Le moine prétendit qu'il avait tort de mépriser sa bête ; qu'elle était en mauvais état à la vérité parce qu'elle avait fatigué beaucoup, mais qu'il ne lui fallait qu'un peu de repos pour se refaire, et que tous les jours on en voyait vendre au marché pour cent sous qui ne la valaient pas de moitié.
— Oui, elle est bonne à écorcher, reprit le villageois, et c'est sa peau apparemment que vous voulez me vendre. Mais, Sire, voulez-vous voir une bête impayable ? regardez mon bidet. Voilà qui est bien troussé et qui a bonne mine : ça laboure, ça herse, ça sert de limonier, ça va sous l'homme comme une hirondelle, c'est bon à tout.

Enfin, le manant vanta si fort son cheval et déprisa tant celui du moine, que le religieux piqué, pour venger l'honneur du sien et en prouver la force, proposa de les attacher tous deux par la queue et de voir qui pourrait emporter l'autre.

— Nous les placerons au beau milieu de la cour, dit-il. Si le vôtre entraîne le mien hors du couvent, ils sont à vous tous deux, mais s'il est entraîné dans l'écurie, vous le perdrez.

On lia fortement les deux queues ensemble. Les deux maquignons s'armèrent aussitôt d'une houssine, et chacun commença de son côté à tirer sa haridelle par le licou pour la faire avancer.

L'une ne valait guère mieux que l'autre, tous leurs efforts n'aboutirent qu'à serrer les nœuds sans gagner un pouce de terrain. Le moine frappait et tirait tellement la sienne qu'il était tout en sueur. Mais le villain plus habile, quand il vit que son roussin ne se trouvait pas le plus fort, s'avisa d'une ruse qui lui réussit, ce fut de le laisser reculer pour épuiser la vigueur de l'autre.

En effet, la haquenée ne l'eut pas entraîné dix pas, que hors d'haleine et battant des flancs elle s'arrêta tout court. Le manant alors ranima son cheval de la voix. « Allons, mon petit gris, du cœur, mon roi, hue ! hue ! hue ! » Le bidet, à l'instant, rassemble son peu de forces, il se cramponne contre le pavé, et du premier coup de reins enlève la jument qui, malgré tous les coups du moine, se laisse emporter sans résistance, comme une charogne qu'on traîne à la voirie.

Déjà le roussin avait la tête hors du couvent, et le moine se voyait au moment de perdre. Mais celui-ci tout à coup tirant son couteau coupe la queue du roussin. Les deux chevaux, libres ainsi, s'élancent chacun de leur côté et il ferme la porte : en vain le manant l'appelle et frappe à tout enfoncer, personne ne lui répond. Dans sa colère il se rendit à la cour de l'évêque pour se plaindre et demander justice, mais le procès traîna en longueur, il ne fut pas jugé et je vous laisse à décider comment il devait l'être.

Le Convoiteux et l'Envieux

Messieurs, je vous ai jusqu'ici assez conté de mensonges. Je vais enfin vous dire une aventure vraie, car le conteur qui ne sait que des fables ne mérite point de paraître à la cour des grands. S'il entend son métier, il doit entremêler habilement ses historiettes, et entre deux vertes avoir soin d'en faire passer une mûre. Telle est la mienne que je vous garantis vraie.

Il y a un peu plus de cent ans que vivaient deux compagnons, gens assez pervers. L'un était un convoiteux dont rien ne pouvait rassasier les désirs, et l'autre un envieux que désespérait le bien d'autrui. C'est un homme bien haïssable que l'envieux, puisqu'il déteste tout le monde ; mais l'autre est encore pire, je crois, car c'est la convoitise et la rage d'avoir qui fait prêter à usure, qui pousse à inventer des mesures fausses, et qui rend injuste et fripon.

Nos deux gens donc, un jour d'été qu'ils faisaient route ensemble, rencontrèrent dans une plaine saint Martin. Le saint, au premier coup d'œil, connut leurs inclinations vicieuses et la perversité de leur cœur. Néanmoins il marcha quelque temps de compagnie sans se faire connaître. Mais, arrivé à un endroit où le chemin se partageait en deux, il leur annonça qu'il allait les quitter ; puis, se nommant à eux, il ajouta pour les éprouver :
— Je veux que vous puissiez vous féliciter de m'avoir rencontré. Que l'un de vous me demande un don, je promets de le lui accorder à l'instant ; mais ce sera à condition que celui qui n'aura rien demandé obtiendra le double.

Le convoiteux, malgré toute l'envie qu'il avait de faire un souhait magnifique, se promit bien cependant de se taire, afin d'avoir encore deux fois davantage. Il excitait son camarade à parler.
— Allons, bel ami, demandez hardiment, puisque vous êtes sûr d'obtenir : il ne tient qu'à vous d'être riche pour la vie ; voyons si vous saurez souhaiter.
L'autre, qui serait mort de douleur si celui-ci eût eu quelque chose de plus que lui, n'avait garde vraiment de déférer à cette instance.

Tous deux restèrent ainsi longtemps sans vouloir se décider. Mais le premier, que dévorait la soif d'avoir, ayant menacé son compagnon de le battre s'il ne parlait pas :

— Eh bien ! oui, je vais demander, répondit l'envieux en colère, et loin d'y gagner, tu t'en repentiras.

Alors il demanda au bienheureux de perdre un œil, afin que son camarade perdît les deux. Sa prière fut exaucée à l'instant même, et tout le parti qu'ils tirèrent de la bonne volonté du saint, ce fut d'être l'un borgne et l'autre aveugle.

C'est une justice que le mal qui arrive aux méchants ; et si quelqu'un était tenté de plaindre ceux-ci, je prie saint Martin de leur en envoyer autant.

Le Curé qui mangea des mûres

Un curé voulait aller au marché. Il fait seller sa mule et hop ! le voilà parti. On était en septembre, il faisait beau, la tiédeur de l'air était toute parfumée, et le curé sur sa mule lisait doucement son bréviaire en regardant sa belle campagne... Peu à peu, tout de même, il s'approchait du bourg, lorsqu'il vit, débouchant sur la route, un chemin creux joli, avec par-delà le fossé un buisson couvert de grosses mûres noires. "Sainte Vierge, dit le curé, jamais je n'ai vu d'aussi belles mûres !"
Il entre dans le chemin, regarde la profondeur du fossé, hésite un peu, mais il se décide : il y engage sa mule avec prudence et l'arrête juste devant le buisson. Il cueille, tendrement, et il se recueille pour mieux savourer. Les mûres fondent dans sa bouche, elles sont exquises. Qu'importe s'il doit se piquer un peu la main et les poignets ! Il ne faut pas laisser perdre les dons de Dieu.

Cependant les mûres les plus belles sont aussi les plus hautes. Elles sont toutes fraîches, toutes brillantes dans le soleil. Pour les cueillir, le curé, maintenant, monte tout debout sur la mule ; il s'assure bien, et il se régale à loisir. La mule est sage comme une image, elle ne bouge pas d'un pouce.
Sa gourmandise un peu calmée, le curé la regarde, tout attendri. Il admire qu'elle ait pu rester si longtemps pareillement tranquille :
« La bonne bête ! Si jamais quelqu'un criait "Hue", je ferais une belle culbute. »

Le malheureux ! Il avait pensé tout haut, il avait dit Hue ! La mule détale, le curé tombe. Sa cheville s'est enflée d'un coup, le fossé est boueux, il n'arrive pas à se dépêtrer dans sa soutane, il glisse, il souffre, impossible de se tenir debout, il retombe. La mule le regarde, elle revient sur la route, elle a envie de manger elle aussi, elle se met au petit trot pour regagner son presbytère.

Quand ils la voient rentrer, toute seule, les domestiques s'inquiètent :
— Notre curé a eu un malheur, disent-ils, il est peut-être mort. Il

faut aller voir.

Ils partent aussi vite qu'ils peuvent et passent près du chemin creux. Le curé les entend, il crie :

— Ho ! Ho ! Je suis là ! Je suis dans le fossé. J'ai des épines partout, aidez-moi !

— Mais qu'est-ce que vous faites là-dedans, monsieur le curé ? Agrippez-vous, allez-y… Comment donc êtes-vous tombé là ? Ce n'est pas sur la route.

— Ah ! mes amis, c'est le péché. J'avais beau lire mon bréviaire, les mûres m'ont induit en tentation. Je suis monté sur la selle ! Ramenez-moi tout de suite, je vous en prie. Je suis moulu.

Mais le curé était sain et sauf, et il put rentrer chez lui.
Il ne faut jamais penser tout haut, Messeigneurs.

Le Dit du Buffet

Je vais vous conter ce fabliau dont j'entendis parler dans la demeure d'un Comte. Il s'agit d'un Sénéchal : il est félon et lâche, parjure et plein de tous les vices mauvais. Sachez qu'il n'était guère plaint par ceux qui venaient au château lorsqu'il advenait quelque ennui, tant il était rempli de méchanceté. Car ce méchant homme, comme un porc, s'engraissait, s'emplissait la panse en buvant du vin à la dérobée, en mangeant gras poulets et nombreux poussins. Mais le Comte, lui, avait grand renom. Celui-là menait bonne vie et ne faisait que rire de la méchanceté de l'autre.

Or, un jour, il décida de donner grande fête, on s'en souvient encore aujourd'hui. Messire Comte qui était preux et sage fit savoir qu'il voulait tenir sa cour. Tous étaient admis car qui le voulait faisait partie de la Cour. Le Sénéchal n'était pas content, car il pensait que chacun viendrait et réclamerait tout ce qu'il désirait sans qu'il lui en coûtât un œuf.

Mais voici qu'apparaît Raoul, un bouvier qui conduisait la charrue. Le Sénéchal ne l'aimait pas, je ne saurais trop dire pour quelle raison. Raoul qui avait entendu dire que le Comte ne refusait rien à personne était venu au château et demanda où il pouvait s'asseoir. Le Sénéchal lui assène alors une buffe[1] énorme et demande qu'on apporte vin et nourriture à ce villain. Le Sénéchal pensait l'enivrer et pouvoir ainsi le maltraiter sans qu'il pût se défendre.

Pendant ce temps, le Comte fait appeler ses ménestrels pour qu'ils lui racontent des histoires amusantes. Celui qui raconterait la meilleure, ferait le meilleur tour, aurait une robe d'écarlate neuve. Qu'on se le dise ! Les ménestrels applaudissent. Chacun se livre à ses jeux favoris. L'un fait l'ivrogne, l'autre l'idiot ; l'un chante, les autres jouent. D'autres miment une bataille, d'autres encore jonglent ou jouent de la vielle devant le Comte. Raoul, alors, ramasse sa nappe tranquillement, sans se hâter, attend que le silence revienne et s'approche du Comte et du Sénéchal qui ne se méfie

---
1 Coup sur la joue, soufflet, gifle, p. ext. tape, coup de poing.

pas, car il écoute le seigneur. Il lève alors sa main et lui flanque une grande buffe sur la joue, ce qui l'envoie rouler à terre.

— Je vous rends buffet et nappe, car je n'en ai plus besoin. Il faut toujours rendre ce qu'on vous a prêté, dit le villain.
— Que signifie ceci ? Pourquoi as-tu frappé mon sénéchal ? Tu as fait preuve de trop de hardiesse en frappant devant moi cette demi-portion et te voilà dans un mauvais cas car si tu ne te justifies pas, je te ferai immédiatement connaître ma prison !
— Seigneur, daignez m'écouter et m'entendre un tantinet. Quand je suis entré ici, j'ai rencontré votre sénéchal qui est cruel, insolent et mesquin. Il m'a dit des méchancetés et insanités en grand nombre et il m'a frappé en me donnant une grande buffe. À quoi par moquerie, il m'a dit de m'asseoir sur ce buffet et qu'il me le prêtait. Après avoir bu et mangé, Seigneur Comte, qu'aurais-je dû faire de son buffet, sinon le lui rendre ? Je sais bien que j'y aurais perdu car bien mal acquis ne profite jamais. Aussi, je lui ai rendu devant témoins comme vous l'avez vu vous-même. Je ne suis donc coupable de rien. Pourquoi serais-je emprisonné alors que je lui ai rendu son bien ? Même, je vais m'apprêter à lui rendre un autre buffet si celui qu'il a reçu ne lui convient pas.

Il fait mine de lever la main. Le sénéchal ne sait plus où se mettre, car tous se sont mis à rire.
— Il t'a rendu ton buffet, dit le Comte au sénéchal. Et à toi, bouvier, je te donne ma robe d'écarlate, car c'est toi qui nous as fait rire mieux que les autres ménestrels.

En effet, le bouvier méritait de gagner cette robe neuve. Jamais on ne vit si bon paysan si bien servir un sénéchal. Il lui a rendu sa vilenie. Est fou qui provoque au mal et qui, à mal agir, s'emploie. Ou, je vous le dis encore : qui chasse bien trouve son bien.

Le Dit des Perdrix

Puisqu'il est dans mon habitude de vous raconter des histoires, je veux dire, au lieu d'une fable, une aventure qui est vraie.

Un villain, au pied de sa haie, un jour attrape deux perdrix. Il les prépare avec grand soin ; sa femme les met devant l'âtre (elle savait s'y employer), veille au feu et tourne la broche ; et le villain traîne en courant pour aller inviter le prêtre.

Il tarde tant à revenir que les perdrix se trouvent cuites. La dame dépose la broche ; elle détache un peu de peau, car la gourmandise est son faible. Lorsque Dieu la favorisait, elle rêvait, non d'être riche, mais de contenter ses désirs. Attaquant l'une des perdrix, elle en savoure les ailes, puis va au milieu de la rue pour voir si son mari revient. Ne le voyant pas arriver, elle regagne la maison et sans tarder elle expédie ce qui restait de la perdrix, pensant que c'eût été un crime d'en laisser le moindre morceau. Elle réfléchit et se dit qu'elle devrait bien manger l'autre. Elle sait ce qu'elle dira si quelqu'un vient lui demander ce qu'elle a fait de ses perdrix : elle répondra que les chats, comme elle mettait bas la broche, les lui ont arrachées des mains, chacun d'eux emportant la sienne.

Elle se plante dans la rue afin de guetter son mari, et ne le voit pas revenir, elle sent frétiller sa langue, songeant à la perdrix qui reste ; elle deviendra enragée si elle ne peut en avoir ne serait-ce qu'un petit bout. Détachant le cou doucement, elle le mange avec délice ; elle s'en pourlèche les doigts.
— Hélas ! dit-elle, que ferais-je ? Que dire, si je mange tout ? Mais pourrais-je laisser le reste ? J'en ai une si grande envie ! Ma foi, advienne que pourra, il faut que je la mange toute.
L'attente dure si longtemps que la dame se rassasie. Mais voici venir le villain ; il pousse la porte et s'écrie :
— Dis, les perdrix sont-elles cuites ?
— Sire, fait-elle, tout va mal, car les chats me les ont mangées.
À ces mots, le villain bondit et court sur elle comme un fou. Il lui eût arraché les yeux, quand elle crie :

— C'était pour rire. Arrière, suppôt de Satan ! Je les tiens au chaud, bien couvertes.
— J'aurais chanté de belles laudes, foi que je dois à saint Lazare. Vite, mon bon hanap de bois et ma plus belle nappe blanche ! Je vais l'étendre sur ma chape sous cette treille, dans le pré.
— Mais prenez donc votre couteau ; il a besoin d'être affûté, faites-le couper un peu sur cette pierre, dans la cour.
L'homme jette sa cape et court, son couteau tout nu dans la main.

Mais arrive le chapelain, qui pensait manger avec eux ; il va tout droit trouver la dame et l'embrasse très doucement, mais elle se borne à répondre :
— Sire, au plus tôt fuyez, fuyez ! Je ne veux pas vous voir honni, ni voir votre corps mutilé. Mon mari est allé dehors pour aiguiser son grand couteau ; il prétend qu'il veut vous couper les couilles s'il peut vous tenir.
— Ah ! puisses-tu songer à Dieu ! fait le prêtre, que dis-tu là ? Nous devions manger deux perdrix que ton mari a prises ce matin.
— Hélas ! ici, par Saint Martin, il n'y a ni perdrix ni oiseau. Ce serait un bien bon repas ; votre malheur me ferait peine. Mais regardez-le donc là-bas comme il affûte son couteau !
— Je le vois, dit-il, par mon chef. Tu dis, je crois, la vérité.

Et le prêtre, sans s'attarder, s'enfuit le plus vite qu'il peut. Au même instant, elle s'écrie :
— Venez vite, sire Gombaut.
— Qu'as-tu ? dit-il, que Dieu te garde.
— Ce que j'ai ? Tu vas le savoir. Si vous ne pouvez courir vite, vous allez y perdre, je crois ; car par la foi que je vous dois, le prêtre emporte vos perdrix !

Pris de colère, le bonhomme, gardant son couteau à la main, veut rattraper le chapelain. En l'apercevant, il lui crie :
— Vous ne les emporterez pas ! Vous les emportez toutes chaudes ! Si j'arrive à vous rattraper, il vous faudra bien les laisser. Vous seriez mauvais camarade en voulant les manger sans moi.
Et regardant derrière lui, le chapelain voit le vilain qui accourt, le

couteau en main. Il se croit mort, s'il est atteint ; il ne fait pas semblant de fuir, et l'autre pense qu'à la course il pourra reprendre son bien. Mais le prêtre, le devançant, vient s'enfermer dans sa maison.

Le villain s'en retourne chez lui et interroge sa femme :
— Allons ! fait-il, il faut me dire comment il t'a pris les perdrix.
Elle lui répond :
— Que Dieu m'aide ! Sitôt que le prêtre me vit, il me pria, si je l'aimais, de lui montrer les deux perdrix : il aurait plaisir à les voir. Et je le conduisis tout droit là où je les tenais couvertes. Il ouvrit aussitôt les mains, il les saisit et s'échappa. Je ne pouvais pas le poursuivre, mais je vous ai vite averti.
Il répond :
— C'est peut-être vrai ; laissons donc le prêtre où il est.

Ainsi fut dupé le curé, et Gombaut, avec ses perdrix.
Ce fabliau nous a montré que femme est faite pour tromper : mensonge devient vérité et vérité devient mensonge. L'auteur du conte ne veut pas mettre au récit une rallonge et clôt l'histoire des perdrix.

Du Jongleur qui alla en enfer

À Sens, jadis, vivait un ménétrier, le meilleur garçon de la terre, et qui, pour un trésor, n'eût pas voulu avoir querelle avec un enfant, mais homme sans conduite et dérangé s'il en fut jamais. Il passait sa vie au jeu ou à la taverne. Gagnait-il quelque argent ? vite, il secouait le cornet à dés ou vidait les pots. N'avait-il rien ? il mettait son violon en gage. Aussi, toujours déguenillé, toujours sans le sou, souvent même nu-pieds ou en chemise, par la bise ou la pluie, il vous eût fait compassion. Malgré cela, gai, content, la tête en tout temps couronnée d'un chapel de branches vertes, vous l'eussiez rencontré chantant sans cesse, et ne demandant à Dieu qu'une seule chose, de mettre toute la semaine en dimanches.

Il mourut enfin. Un jeune diable, novice encore, qui depuis un mois cherchait et courait partout pour escamoter quelque âme, sans avoir pu réussir jusque-là malgré toutes ses peines, se trouva là par hasard quand notre violonneux trépassa ; il le prit sur son dos et tout joyeux l'emporta en enfer.
C'était l'heure précisément où les démons revenaient de leur chasse. Lucifer s'était assis sur son trône pour les voir arriver ; et à, mesure qu'ils entraient, chacun d'eux venait jeter à ses pieds ce que dans le jour il avait pu prendre ; celui-ci un juge, celui-là un voleur, les uns des champions morts en champ clos, les autres des marchands, des gentilshommes et même des moines, tous gens surpris au moment qu'ils s'y attendaient le moins.

Le noir monarque arrêtait un instant ses captifs pour les examiner, et d'un signal aussitôt il les faisait jeter clans sa chaudière. Enfin, l'heure étant passée, il ordonna de fermer les portes et demanda si tout le monde était rentré : « Oui, répondit quelqu'un, excepté un pauvre idiot, bien neuf et bien simple, qui est sorti depuis un mois, et qu'il ne faut pas attendre encore aujourd'hui probablement parce qu'il aura honte de rentrer la hotte vide. »

Le railleur achevait à peine de parler, quand arriva le diablotin chargé de son ménétrier déguenillé qu'il présenta humblement à son souverain.

— Approche, dit Lucifer au chanteur ; qui es-tu ? voleur ? espion ? ribaud ?

— Non, Sire, j'étais ménétrier, et je possède, je puis bien m'en vanter ici, toute la science qu'un homme sur la terre peut avoir en fait de musique. Malgré cela, j'ai eu là-haut bien de la peine et de la misère ; mais enfin, puisque vous voulez vous charger de mon logement, je chanterai, si cela vous amuse, cela paiera mon loyer.

— Oui, ventredieu, des chansons ! c'est bien là la musique qu'il me faut ici ! Écoute, tu vois cette chaudière, et te voici tout nu : je te charge de la faire chauffer et surtout qu'il y ait toujours bon feu.

— Volontiers, Sire ; au moins je serai sûr dorénavant de n'avoir plus froid.

Notre homme aussitôt se rendit à son poste, et pendant quelque temps il s'acquitta exactement de sa fonction. Mais un jour Lucifer dut convoquer tous ses suppôts pour aller faire avec eux sur la terre une battue générale, et, avant de sortir, il appela le chauffeur.

— Je vais partir, lui dit-il, et je laisse ici sous ta garde tous mes prisonniers ; mais songe que tu m'en répondras sur les yeux de ta tête et que, si à mon retour il en manquait un seul…

— Sire, partez en paix, je réponds d'eux ; vous trouverez les choses en ordre quand vous reviendrez, et il n'est plus fidèle serviteur que moi, vous en serez persuadé désormais.

— Encore une fois, prends bien garde, il y va de tout pour toi, et je te fais rôtir tout vif.

Ces précautions prises, l'armée infernale partit.

C'était là le moment qu'attendait saint Pierre. Du haut du ciel il avait entendu ce discours et se tenait aux aguets pour en profiter. Dès que les démons furent dehors, il se déguisa, prit une longue barbe noire avec des moustaches bien tressées, descendit en enfer, et, accostant le ménétrier :

— L'ami, veux-tu faire une partie, nous deux ? Voilà un cornet avec des dés, et du bon argent à gagner.

En même temps, il lui montra une longue et large bourse toute garnie de beaux écus d'or.

— Sire, répondit l'autre, c'est bien inutilement que vous venez ici me tenter, car je vous jure qu'il ne me reste rien au monde que cette chemise déchirée que vous me voyez.

— Eh bien ! si tu n'as point d'argent, mets en place quelques âmes, je veux bien me contenter de cette monnaie, et tu ne dois point craindre ici d'en manquer de sitôt.

— Tudieu ! je n'ai garde ; et je sais trop ce que mon maître m'a promis en partant. Trouvez-moi quelqu'autre expédient, car, pour celui-ci, je suis votre serviteur.

— Imbécile ! comment veux-tu qu'il le sache ? Et sur une telle multitude, que sera-ce, dis-moi, que cinq ou six âmes de plus ou de moins ? Tiens, regarde, voilà de belles pièces toutes neuves. Il ne tient qu'à toi d'en faire passer quelques-unes dans ta poche. Profite de l'occasion, tandis que me voilà, car une fois sorti, je ne reviens plus… allons, je mets vingt sous au jeu, amène quelque âme.

Le malheureux dévorait des yeux les dés. Il les prenait en main, les quittait, puis les reprenait de nouveau. Enfin il n'y put tenir et consentit à jouer quelques coups ; mais une âme seulement à la fois, de peur de s'exposer à rien perdre.

— Tope pour une, répond l'apôtre, blonde ou brune, mâle ou femelle, peu m'importe, je t'en laisse le choix, mets au jeu.

Le ménétrier va donc chercher quelques damnés, Pierre étale ses écus ; ils s'assoient tous deux au bord du fourneau et commencent leur partie. Mais le saint jouait à coup sûr, aussi gagna-t-il constamment. Le chanteur, pour rattraper ce qu'il perdait, eut beau doubler, tripler les paris, il perdit toujours.

Ne concevant rien à un malheur si constant, il soupçonna enfin de la tricherie dans le jeu de son adversaire, se fâcha, déclara qu'il ne paierait point, et traita l'apôtre d'escroc et de fripon. Celui-ci lui donna un démenti ; ils se prirent à la barbe et se battirent. Heureusement, le saint se trouvait le plus fort ; et l'autre, après avoir été bien rossé, se vit obligé de demander grâce.

Il proposa donc de recommencer la partie, si l'on voulait tenir la première pour nulle, promettant au reste de payer très fidèlement et offrant même de donner à choisir dans la chaudière tout ce qu'on voudrait, larrons, moines, chevaliers ou villains, chanoines ou chanoinesses. Pierre avait sur le cœur le mot de fripon et il en fit plus d'un reproche ; mais on sut si bien s'excuser qu'enfin il se laissa fléchir et se remit au jeu.

Le ménétrier à cette partie, ne fut pas plus heureux qu'à la première. Il se piqua, joua cent âmes, mille âmes à la fois, changea de dés, et n'en perdit pas moins à tous les coups. Enfin, de désespoir, il se leva et quitta le jeu, maudissant les dés et sa mauvaise fortune qui le suivait jusqu'en enfer. Pierre alors s'approcha de la chaudière pour y choisir et en tirer ceux qu'il avait gagnés. Chacun d'eux implorait sa pitié afin d'être l'un des heureux. C'étaient des cris à n'en pas s'entendre. Le ménétrier furieux y accourut, et résolut de s'acquitter ou de tout perdre ; en homme qui ne veut plus rien ménager il proposa de jouer ce qui lui restait.
L'apôtre ne demandait pas mieux. Ce va-tout si important se décida sur le lieu-même ; et je n'ai pas besoin de vous dire quelles furent pendant ce temps les transes des patients qui en étaient les témoins. Leur sort, heureusement, se trouvait entre les mains d'un homme à miracles ; il gagna encore, et partit bien vite avec eux pour le paradis.

Quelques heures plus tard rentra Lucifer avec sa troupe. Mais quelle fut sa douleur quand il vit ses brasiers éteints, sa chaudière vide, et pas une seule âme de tous ces milliards qu'il avait laissés. Il appela le chauffeur :
— Scélérat, qu'as-tu fait de mes prisonniers ?
— Ah ! Sire, je me jette à vos genoux, ayez pitié de moi, je vais tout vous dire.
Et alors il conta son aventure, avouant qu'il n'était pas plus heureux en enfer qu'il ne l'avait été sur la terre. « Quel est le butor qui nous a amené ce joueur, dit le prince irrité ? qu'on lui donne les étrivières. » Aussitôt on saisit le petit diablotin qui avait fait un si mauvais présent, et on l'étrilla si vertement qu'il promit bien de ne jamais se charger de ménétrier.

« Chassez d'ici ce marchand de musique, ajouta le monarque ; Dieu peut le recevoir dans paradis, lui qui aime la joie ; moi, je ne veux plus jamais entendre parler de lui. » Le chanteur n'en demanda pas davantage. Il se sauva promptement et vint tout courant au paradis où saint Pierre le reçut à bras ouverts et le fit entrer avec les autres.

Ménétriers et jongleurs, réjouissez-vous désormais, vous le pouvez ; il n'y a plus d'enfer pour vous ; celui qui joua contre saint Pierre vous en a fermé la porte.

Le villain de Farbus

Seigneurs, un jour du temps jadis, il arriva qu'un villain de Farbus[2] devait aller au marché ; sa femme lui avait donné cinq deniers et quelques mailles pour les employer ainsi que vous allez m'entendre le raconter : trois mailles[3] pour un râteau, deux deniers pour un gâteau qu'elle voulait tout chaud et croustillant, et trois deniers pour ses dépenses. Elle mit cet argent dans sa bourse et, avant que de le laisser partir, elle lui fit le décompte de ses dépenses : un denier tout rond pour des petits pâtés et de la cervoise, compta-t-elle, et deux deniers pour le pain, ce serait suffisant pour son fils et lui. Alors le vilain sort par la porte du jardin et se met en route. Il emmène avec lui son fils Robin pour l'initier à la vie et aux coutumes du marché.

Au marché, devant une forge, un forgeron avait laissé traîner, comme s'il était à l'abandon, un fer encore chaud pour tromper les fourbes et les niais qui, souvent, s'y laissaient prendre. Le villain, en l'apercevant, déclara tout de go à son fils qu'un fer était une bonne aubaine. Robin s'agenouilla près du fer et le mouilla en crachant dessus : le fer, qui était chaud, se mit à bouillir avec une grande effervescence. Quand Robin vit le fer aussi chaud, il se garda bien de le toucher et s'en alla en le laissant en place. Le villain, qui était ignorant, lui demanda pourquoi il ne l'avait pas pris.
— Parce qu'il était encore tout brûlant, le fer que vous aviez trouvé !
— Comment t'en es-tu rendu compte ?
— Parce que j'ai craché dessus et qu'il s'est mis immédiatement à frire et à bouillir ; or il n'y a sous le ciel aucun fer chaud qui, si on le mouille, ne se mette à bouillir : c'est ainsi qu'on peut le savoir.
— Eh bien, tu m'as appris là une chose que j'apprécie beaucoup, fit le villain, car souvent je me suis brûlé la langue ou le doigt en attra-

---

2 Farbus est une commune française située dans le département du Pas-de-Calais en région Hauts-de-France.
3 La maille était une monnaie divisionnaire, la plus petite valeur au Moyen Âge, pièce de monnaie française apparue sans doute au XIIe siècle. Elle valait 1 demi-denier. On la reconnaît à la croix qui s'impose au centre d'une de ses faces. On la retrouve dans les expressions « avoir maille à partir » et « être sans sou ni maille ».

pant quelque chose mais quand, dorénavant, le besoin s'en fera sentir, je m'y prendrai comme tu l'as fait.

Ils arrivèrent alors devant un étal où l'on vendait du pain, du vin, de la cervoise, des petits pâtés et bien d'autres choses. Robin, qui était très gourmand, déclara aussitôt qu'il voulait en avoir. Ils firent le compte de leur argent et trouvèrent les cinq deniers et les mailles. Ils dépensèrent sans la moindre retenue trois deniers pour leur déjeuner après quoi il ne leur resta plus qu'à prendre le chemin du retour. Ils achetèrent un râteau pour trois mailles et un gâteau mal travaillé et plein de grumeaux pour deux deniers. Robin le mit dans son giron et le villain porta le râteau. Ils sortirent par la porte de la ville et reprirent le chemin de leur maison.

La femme du villain, en ouvrant la porte du jardin, les accueillit avec un visage plus renfrogné qu'un plat à barbe ou une arbalète :
— Où est mon gâteau ? dit-elle.
— Le voilà, répondit le vilain, mais, si vous m'en croyiez, vous en feriez un morteruel[4] sur-le-champ, car je meurs de faim.
Elle allume aussitôt un feu de brindilles et s'active. Robin nettoie la poêle. Ils se hâtent de tout préparer. Dès que la poêle se met à bouillir, le villain en a l'eau à la bouche. Il demande qu'on lui mette son écuelle, celle qui est bien creuse et dans laquelle il a l'habitude de manger :
— Je ne veux pas en changer, car j'en ai souvent été satisfait.

Sa femme la lui remplit pleine à ras bord. Et il ne prend pas une cuiller plus petite que celle qu'on utilise pour tourner dans les pots et servir ; il la remplit autant qu'il le peut de morteruel bouillant et crache dessus afin de ne pas se brûler, ainsi que Robin l'avait fait sur le fer chaud. Mais le morteruel qui avait été porté à l'ébullition sur le feu de brindilles, ne frémit pas. Le vilain ouvre grand la bouche et y enfourne d'un coup la plus douloureuse gorgée dont il eut jamais l'occasion de se repaître car, avant même qu'il ait pu l'avaler, il eut la langue si brûlée, la gorge si embrasée et le tube digestif si échauffé qu'il ne put ni cracher ni avaler et qu'il se crut aux

---

4   Sorte de soupe de pain.

portes de la mort. Il devint écarlate.

— Certes, fait Robin, c'est surprenant de voir qu'à votre âge vous ne savez pas encore manger !

— Ah ! Robin, infâme traître, par ta faute je suis dans un tel état que je te souhaite tous les maux possibles ! Car, malheureux que je suis, je t'ai cru et j'en ai la langue complètement brûlée et l'intérieur de la bouche à vif !

— C'est parce que vous n'avez pas correctement soufflé sur votre cuiller. Pourquoi n'avez-vous pas soufflé suffisamment avant de la porter à votre bouche ?

— Mais ce matin tu n'as pas soufflé sur le fer chaud que j'avais trouvé !

— Non, je l'ai éprouvé avec plus de sagesse : j'ai craché dessus pour le mouiller.

— J'ai fait la même chose sur ma cuiller et je me suis tout brûlé, fit le père.

— Sire, répondit Robin, par le Saint Père, au moins jamais plus, à votre corps défendant, vous n'oublierez que le fer chaud n'est pas du morteruel !

Seigneurs, retenez cela : l'époque est maintenant telle que le fils donne des leçons au père et il n'est pas un jour où cela ne soit évident, ici et ailleurs, ainsi que je le pense, car les enfants sont plus fins et rusés que ne le sont les vieillards chenus. Le villain de Farbus l'apprit à ses dépens.

De sire Hain et dame Anieuse

Qui a mauvaise femme nourrit chez lui mauvaise bête. C'est ce qu'a entrepris de prouver dans son fabliau Hugues Piaucèle, et ce dont va vous convaincre l'aventure de sire Hain et de sa femme Anieuse.

Sire Hain était un homme qui avait un bon métier, car il excellait à raccommoder les cottes et les manteaux ; mais il avait aussi pour femme la plus contrariante et la plus méchante créature qui fût au monde. Demandait-il de la purée ? Anieuse lui donnait des pois ; voulait-il des pois ? elle lui faisait de la purée. Pour tous les autres objets, c'était la même chose, et du matin au soir on n'entendait dans cette maison que des querelles.

Un jour qu'il était arrivé à la halle beaucoup de poisson, Hain, dans l'espérance qu'il serait à bon marché, dit à sa femme d'aller lui en acheter un plat.
— Quelle sorte de poisson voulez-vous ? demanda-t-elle ; est-ce de mer ou d'eau douce ?
— De mer, douce amie.
Là-dessus Anieuse prend une assiette sous son manteau, elle sort et rapporte au logis des épinards.

— Parbleu, notre femme vous n'avez pas été longtemps, dit Hain en la voyant rentrer ; çà, de quoi m'allez-vous régaler ? voyons. Est-ce du chien de mer ou de la raie ?
— Fi donc, l'horreur, avec votre vilaine marée pourrie. Vous croyez que je veux vous empoisonner, apparemment ! La pluie d'hier a fait tourner le poisson, beau sire ; c'est une infection et j'ai manqué de me trouver mal.
— Comment, une infection ! Eh ! j'en ai vu passer ce matin, qui était frais comme au sortir de l'eau.
— J'aurais été bien étonnée si j'avais réussi une fois à te contenter. Non, jamais on n'a vu un homme comme celui-là pour toujours gronder et ne jamais rien trouver à sa guise. À la fin je perds patience. Tiens, gueux, va donc acheter ton dîner toi-même, et accommode-le ; moi, j'y renonce.

En disant cela elle jette dans la cour et les épinards et l'assiette.

Ceci, comme vous l'imaginez, occasionna encore une querelle ; mais sire Hain, après avoir un peu crié, réfléchit un instant et parla ainsi :
— Anieuse, écoute. Tu veux être la maîtresse, n'est-ce pas ? Moi je veux être le maître ; or, tant que nous ne céderons ni l'un ni l'autre, il ne sera jamais possible de nous accorder. Il faut donc, une bonne fois pour toutes, prendre un parti, et puisque la raison n'y fait rien, se décider autrement.

Alors il prit une culotte qu'il porta dans sa cour, et proposa à la dame de la lui disputer, mais à condition que celui qui en resterait le maître le deviendrait aussi pour toujours du ménage. Elle y consentit très volontiers ; et, afin que la victoire et les droits qui en devaient être les suites fussent bien constatés, tous deux convinrent de choisir pour témoins de leur combat, l'une la commère Aupais, l'autre le voisin Simon.

Anieuse était si pressée de terminer le différend, qu'elle alla aussitôt les chercher elle-même. Ils vinrent, on leur expliqua le sujet de la dispute. En vain Simon voulut s'y opposer et remettre la paix dans la maison :
— Le champ est pris, dit la mégère, il n'y a plus moyen de s'en défendre ; nous allons faire notre devoir, faites le vôtre.

Quand Simon vit que les paroles de paix ne pouvaient rien, il se revêtit de l'office de juge. Il interdit aux deux champions toute autre arme que les mains ; et, avec la commère Aupais, alla s'asseoir dans un coin de la cour, pour veiller sur les combattants et prononcer le vainqueur.
La cour était grande et offrait de quoi s'ébattre. Anieuse, plus mutine, ainsi que plus traître, commença l'attaque par des injures et quelques coups de poing qui lui furent complètement rendus. Elle saisit ensuite la culotte, sire Hain l'empoigne de son côté ; chacun tire à soi et bientôt elle se déchire. On se dispute les deux morceaux qui ne tardent guère à être déchirés en plusieurs autres.

Les lambeaux volent par toute la cour, on se jette sur le plus considérable, on se le reprend, on se l'arrache, et au milieu de tout ceci, ongles et poings jouaient leur jeu.

Anieuse cependant trouve moyen de saisir sire Hain par la crinière, et déjà elle le tiraillait si fort qu'elle était sur le point de le renverser et de gagner la bataille. La commère Aupais, pour l'animer, lui criait courage ; mais Simon, imposant silence à celle-ci la menaça, si elle parlait davantage, de la faire aussi entrer en danse. Hain, pendant ce temps, était venu à bout de se dépêtrer des mains de sa femme, et, animé par la colère, il l'avait à son tour poussée si vigoureusement, qu'il venait de la rencogner contre le mur.

Derrière elle se trouvait par hasard un baquet qui, comme il avait plu la veille, était plein d'eau. En reculant, ses talons le rencontrent et elle tombe dedans à la renverse. Hain la quitte aussitôt pour aller ramasser les débris de la culotte, qu'il étale aux deux juges comme les témoignages de son triomphe. Anieuse cependant se débattait dans le baquet et n'en pouvait sortir. Après bien des efforts inutiles, elle fut obligée d'appeler à son secours le voisin Simon. Celui-ci, avant de la retirer, lui demanda si elle s'avouait vaincue, et si elle voulait promettre d'être désormais soumise à son mari, de lui obéir en tout, et de ne jamais faire ce qu'il aurait défendu. D'abord elle refusa, mais ayant consulté la commère, et celle-ci lui représentant que, selon les lois des combats, elle ne pouvait sortir du lieu où elle était sans la permission de son vainqueur, elle donna enfin sa parole. Alors on la releva et on la ramena dans sa chambre, où la paix se fit.

Pendant plusieurs jours, elle ressentit quelque douleur des suites de la correction un peu appuyée qu'elle avait reçue ; mais, avec l'aide de Dieu, tout cela se passa. Du reste, elle fut fidèle au traité ; et, depuis ce moment, non seulement elle ne contredit jamais son seigneur, mais elle lui obéit encore dans tout ce qu'il lui plut d'ordonner.
Quant à vous, Messieurs, qui venez d'entendre mon fabliau, si vous avez des femmes comme celle de sire Hain, faites comme lui, mais n'attendez pas aussi longtemps.

La Housse partie
ou La couverture coupée en deux

Aujourd'hui, je vous fais le récit d'une aventure qui arriva il y a bien dix-huit ou vingt ans quand un riche bourgeois d'Abbeville quitta sa ville avec sa femme et son fils. Riche, pourvu et même comblé de biens, il s'éloigna de don pays parce qu'il était en guerre avec des gens plus puissants que lui. Or, il craignait et redoutait de vivre au milieu de ses ennemis. D'Abbeville, il vint à Paris et y vécut tranquille. Il fit hommage au roi et se reconnut son sujet et son bourgeois.

Le prud'homme était sage et courtois, sa dame d'humeur très gaie et leur fils ni fou, ni vilain, ni mal élevé. Dans la rue où il vint habiter, ses voisins étaient très contents de sa présence. On venait souvent voir le prud'homme et on lui portait grand honneur. Maintes gens sans mettre du leur, pourraient se faire beaucoup aimer : quelques belles paroles seulement et vous voilà couverts d'éloges et de louanges. Car qui parle en bien, veut entendre dire du bien de lui. Méchanceté engendre méchanceté : c'est une vérité prouvée par l'expérience. On dit souvent l'œuvre se prouve. À l'œuvre, on connaît l'artisan.

Notre prud'homme resta plus de sept ans à Paris. Et il achetait et il vendait des marchandises. Et il faisait tant d'échanges qu'il conserva son avoir et même l'augmenta grandement.
Le prud'homme faisait donc de bonnes affaires et menait excellente vie jusqu'au jour où il perdit sa compagne et où Dieu fit sa volonté de sa femme qui vivait à ses côtés depuis trente ans. Il n'avait pour tout enfant que ce fils dont je vous ai parlé. Très courroucé et très accablé, il regrettait souvent sa mère qui l'avait si tendrement élevé. Il se pâmait, pleurait sur elle. Son père essayait de le réconforter :
— Beau fils, ta mère est morte ; prions Dieu qu'il lui fasse miséricorde. Sèche tes yeux, essuie ton visage, car pleurer ne sert à rien. Nous mourrons tous, tu le sais bien. Il nous faudra passer par là. Nul ne peut empêcher la mort de l'emporter. Écoute-moi, beau fils ! tu

peux te consoler : te voilà beau[5] ; tu es en âge de te marier. Quant à moi, me voilà déjà d'un grand âge. Si je pouvais te marier dans une famille puissante, je donnerais mes propres deniers. Car tes amis sont trop loin : dans le besoin, ils ne te seraient pas d'un prompt secours et, sur cette terre, tu ne peux te concilier personne sans recours à la force. Si donc je trouvais une femme bien née, richement apparentée, qui eût oncles, tantes, frères, cousins germains, qui fût de bonne famille et de bonne race et que j'y voie ton profit, je t'unirais volontiers à elle sans regarder à mes deniers.

Or, seigneurs, il y avait alors à Paris, comme nous le conte l'histoire, trois chevaliers qui étaient frères. De très haut parage[6] par leur père et par leur mère, ils appartenaient à la plus haute noblesse. De grand renom et de haute estime par leurs exploits, il n'y avait pas une parcelle de leur héritage – terres, bois, fiefs – que, pour faire bonne figure dans les tournois, ils n'eussent engagée. Sur leurs domaines, ils avaient bien emprunté trois mille livres à lourde usure, ce qui leur causait forces ennuis et tourments.

De sa femme, qui était morte, l'aîné avait une fille. La demoiselle avait hérité de sa mère une bonne maison dans Paris, située en face de l'hôtel de notre prud'homme. La maison n'appartenait point au père, car les parents du côté de la mère n'avaient pas laissé le chevalier la mettre en gage. La maison pouvait bien rapporter vingt livres parisis[7] l'an et la demoiselle n'avait pas d'autre peine que de

---

5   Primitivement : jeune gentilhomme, aspirant chevalier, puis jeune homme qui a reçu le premier grade dans une université (d'où le sens actuel), bachelier.
6   Naissance, extraction ; lignée.
7   Succédant au système monétaire romain, la livre parisis devient la monnaie de compte officielle du domaine royal à compter du règne de Pépin le Bref, en 755. Le système de conversion duodécimal est le suivant : 1 livre parisis = 20 sols = 240 deniers. En 1203, la Touraine est rattachée au domaine royal de Philippe II. La monnaie officielle devient alors la livre tournois, frappée d'abord à Tours. Les deux livres vont coexister, sachant que la valeur de la livre parisis s'établit à 1,25 livre tournois. En avril 1667, Louis XIV, par une ordonnance donne l'obligation de compter dorénavant par livres, sous et deniers, mais sans distinction de système. Les anciennes valeurs parisis, temporairement admises, doivent être désormais réévaluées et converties en livres tournois.

recevoir ses deniers. Elle avait beaucoup d'amis et était munie d'avoir.

Le prud'homme la demande au père et aux amis. Les chevaliers s'enquirent de ses biens mobiliers, de sa fortune et lui demandèrent ce qu'il pouvait posséder. Et il leur répondit bien volontiers :
— Tant en marchandises qu'en deniers, j'ai quinze cent livres comptant. Je mentirais si je me vantais d'avoir plus. Je ne puis guère me tromper que de deux ou trois cents parisis. Je les ai loyalement acquis. J'en donnerai la moitié à mon fils.
— Non, impossible d'accepter, beau sire. Si vous vous faisiez templier, moine blanc ou moine noir, vous laisseriez tout votre avoir ou au Temple ou à l'abbaye. Nous ne pouvons vous donner notre accord, sire, par notre foi.
— Eh bien ! comment le donnerez-vous, dites-le-moi.
— Bien volontiers, beau sire. Nous voulons que vous donniez à votre fils tout votre bien et qu'il le possède en pleine et entière propriété de telle sorte qu'il n'y ait jamais aucune contestation ni de votre part ni de la part d'autrui. Si vous voulez y consentir, le mariage se fera. Sinon, nous lui refusons notre fille et nièce.

Le prud'homme réfléchit un instant. Il regarda son fils, réfléchit encore, mais ce fut là une bien mauvaise pensée qu'il eut. Il dit alors pour toute réponse :
— Seigneurs, quoi que vous demandiez, j'accomplirai votre volonté. Voici le contrat que je vous propose : si mon fils prend votre fille comme épouse, je lui donnerai tout ce que je possède. Je vous le dis devant tout le monde : je ne veux rien garder pour moi. Qu'il prenne tout, que tout soit sien. Je l'en saisis et l'en revêts.

Ainsi le prud'homme se dépouille : devant les témoins qui étaient là, il s'est dessaisi et dévêtu de tout ce qu'il possède au monde, si bien qu'il reste aussi nu qu'un rameau qui est pelé. Il n'avait plus ni sou ni maille dont il pût faire un repas sans le mendier à son fils. Il lui donna donc tout et, quand sa parole fut dite, aussitôt le chevalier saisit sa fille par la main et il l'a donnée au bachelier, qui l'épousa.

Pendant douze ans, le mari et la dame vécurent en paix ensemble et la dame eut du jeune homme un bel enfant. Elle le fit bien soigner et bien élever. Elle aussi, on la soigna bien. Elle fut l'objet de mille bons traitements. On ne lui ménagea pas les bains, et, à ses relevailles, le prêtre vint la bénir.

Le prud'homme demeurait à l'hôtel : il se donna bien le coup mortel quand, pour vivre à la charge d'autrui, il se dessaisit de son avoir. Il demeura douze ans dans l'hôtel, et son petit-fils, déjà grand, se rendait compte de tout : souvent il avait ouï le conte de ce qu'avait fait son grand-père pour que le fils obtînt la mère. Et l'enfant, du jour où il l'entendit, ne le mit plus en oubli.

Le prud'homme était devenu vieux. Vieillesse l'avait abattu : il dut se soutenir d'un bâton. Son fils n'aurait pas demandé mieux que d'aller quérir son linceul. Il lui tardait qu'il fût en terre, car il était un fardeau pour lui. La dame, qui était fière et orgueilleuse, du prud'homme était dédaigneuse. Elle supportait à contrecœur. À nul prix, elle ne put se retenir de dire un jour à son mari :

— Sire, je vous en prie, de grâce, congédiez votre père. Car, par l'amour que je dois à ma mère, je ne mangerai tant que je le verrai céans. Je veux que vous lui donniez congé.

— Dame, je le ferai.

Et le mari, qui craint et redoute sa femme, s'en vient tout de suite à son père et lui dit brutalement :

— Père, père, allez-vous-en. On n'a que faire ici de vous ni de votre présence. Allez chercher votre vie ailleurs. On vous a nourri dans cet hôtel douze ans et plus. Faites vite. Levez-vous. Pourvoyez-vous où vous voudrez. Il le faut, maintenant !

Le père entend son fils. Il pleure cruellement. Souvent il maudit le jour et l'heure. Il se plaint d'avoir trop vécu.

— Ah ! beau doux fils, que me dis-tu ? Par Dieu, c'est tout l'honneur que tu me portes de me laisser ainsi à la porte ? Je ne tiendrai pas grand-place. Je ne demande ni feu, ni courtepointe, ni tapis. Mais là, sous cet appentis, fais-moi jeter un peu de paille. Parce que je mange de ton pain, il ne faut me jeter hors l'hôtel. Peu me chaut qu'on me mette là dehors, pourvu qu'on me donne de quoi manger.

Pour le peu de temps qui me reste à vivre, tu ne devrais pas m'abandonner ainsi. Ne peux-tu pas mieux expier tous tes péchés en me faisant du bien que si tu te revêtais de la haire[8].
— Beau père, rien ne sert de sermonner. Mais faites vite. Allez-vous-en, sinon ma femme deviendra folle.
— Beau fils, où veux-tu que j'aille ? Je n'ai pas un sou vaillant !
— Vous irez par la ville. Il y a là au moins dix mille hommes qui trouvent bien leur vie. Ce serait une grande malchance, si vous n'y trouviez point pâture. Il y a bien des gens qui vous reconnaîtront et qui vous hébergeront.
— M'héberger, beau fils ! Qui m'hébergera, quand toi, tu me chasses de ta maison ? Puisque toi, tu agis mal envers moi, comment des gens qui ne me sont rien seraient-ils bons pour moi, quand tu m'abandonnes, toi qui es mon fils ?
— Père, je n'en puis mais[9]. Je prends sur moi tout le faix, mais vous ne savez si j'agis de plein gré.

Le père alors a telle douleur que peu s'en faut que le cœur ne lui crève. Faible comme il est, il se lève et sort de l'hôtel en pleurant :
— Fils, à Dieu je te recommande. Puisque tu veux que je m'en aille, pour Dieu, donne-moi un morceau de ta serpillie[10]. Ce n'est pas chose bien chère et je ne puis souffrir le froid. Je te le demande, pour me couvrir, car j'ai robe trop peu fournie et le froid, plus que tout, me tue.
Et le fils, qui répugne à donner, répond :
— Père, je n'en ai nulle. Et vous n'en aurez point à moins qu'on ne me pille ou vole.
— Beau doux fils, tout le cœur me tremble ! je redoute tant la froidure ! Donne-moi au moins une couverture dont tu couvres ton cheval, que le froid ne me fasse mal.

Et le fils qui ne cherche qu'à s'en débarrasser, voit bien qu'il ne peut être quitte s'il ne lui baille quelque chose. Et il ordonne à son fils de donner la couverture au vieillard pour qu'il s'en aille.

---

8   Chemise de crin ou de laine rude portée sur la peau, comme instrument de pénitence.
9   Je n'y peux rien.
10 Grosse toile, tablier en grosse toile.

À l'appel de son père, l'enfant bondit :
— Qu'y a-t-il pour votre service ?
— Beau fils, je te commande, si tu trouves l'étable ouverte, de donner à mon père la couverture qui est sur mon cheval noir. Il s'en fera, s'il veut, un manteau, chape, ou couverture. Donne-lui la meilleure de toutes.

L'enfant, qui était avisé, dit :
— Venez avec moi, beau grand-père.
Le prud'homme le suit, tout chagrin et plein de tristesse. L'enfant trouve la couverture. Il prend la meilleure et la plus neuve, la plus longue et la plus large. Il la plie par le milieu et la coupe en deux avec son couteau, au mieux qu'il peut et au plus bel. Puis il en donne la moitié à son aïeul.
— Beau fils, qu'en ferais-je ? Pourquoi me l'as-tu coupée ? Ton père me l'avait donnée. Vraiment tu as fait grande cruauté puisque ton père avait ordonné que je l'eusse en entier. Je vais le lui dire.
— Allez où vous voudrez, de moi vous n'aurez rien de plus.

Le prud'homme sortit de l'écurie :
— Fils, on tourne à fable tout ce que tu commandes et fais. Tu ne châties donc pas ton fils, qu'il ne te redoute ni ne te craint ? Ne vois-tu pas qu'il a gardé la moitié de la couverture ?
— Dieu te donne malchance, baille-la-lui toute.
— Non, je ne le ferai sans aucun doute. De quoi seriez-vous payé ? Je vous en garde la moitié. De moi, vous n'aurez rien de plus. Si je deviens le maître un jour, je vous la partagerai tout comme vous la lui avez partie[11]. Comme il vous donna son avoir, moi aussi je le veux avoir, et de moi vous n'emporterez pas plus que vous ne lui donnez. Si vous le laissez mourir misérable, j'en ferai autant pour vous, si je vis.

Le père l'entend et soupire profondément. Il réfléchit et rentre en lui-même. Il tire grand exemple des paroles de l'enfant. Il tourne la tête vers son père :
— Père, revenez. C'est l'Ennemi et le péché qui m'ont tendu un

---

11 Partagée, donnée en partage.

piège. Mais, s'il plaît à Dieu, cela ne sera pas. Aujourd'hui je vous fais seigneur et maître de mon hôtel à tout jamais. Si ma femme ne veut la paix, si elle ne veut vous supporter, ailleurs je vous ferai bien servir et vous y ferai disposer de courtepointe et d'oreiller. Je vous le dis, par saint Martin[12], je ne boirai jamais de vin ni ne mangerai bons morceaux que vous n'en ayez le plus beau. Et vous serez en chambre privée et au bon feu de cheminée et vous aurez robe comme moi. Vous avez été de bonne foi avec moi, beau doux père, et c'est de vos biens que je suis riche.

Seigneurs, il y a là grand enseignement et claire signification. Car c'est ainsi que le fils chassa le père des mauvaises pensées où il se perdait. Qu'ils se regardent ici comme au clair d'un miroir, ceux qui ont enfants à marier ! Ne donnez pas tant à votre enfant que vous ne puissiez recouvrer. Ne vous y fiez pas : les enfants sont sans pitié. Quand leurs pères ne peuvent plus les aider, ils ont vite fait d'en être ennuyés. Et qui se met au pouvoir d'autrui s'expose à grande affliction.
Ce récit, Bernier le conta. Il en fit ce qu'il en sut faire[13].

---

12 Martin est né en Pannonie (la Hongrie actuelle) et se retrouve enrôlé très jeune dans les légions romaines en Italie et en Gaule. Durant l'hiver 337, alors qu'il se trouvait à Amiens, il rencontre un mendiant nu et grelottant de froid à qui il donne la moitié de son manteau (on précisera plus tard qu'il n'en donne qu'une moitié car l'autre moitié reste la propriété de l'armée romaine).
13 Il a fait ce qu'il a pu.

Les Jambes de bois

Mes amis, je vous souhaite à ce renouvellement d'année toute sorte de bonheur ; et par les talents astrologiques que l'on me connaît, je vous prédis que si vos vignes cet automne rapportent beaucoup, vous aurez beaucoup de vin à vendre. Je vais, maintenant, pour vos étrennes, vous conter une aventure qui m'advint dernièrement.

Je me promenais le long d'un bois, quand je vis venir à moi un villain (que Dieu vous préserve de pareille rencontre) ; mais il avait deux jambes de bois, et je désire pour vous tous le même bonheur. Ceci vous étonne. Un moment d'attention, s'il vous plaît, et vous penserez comme moi quand vous m'aurez entendu.

J'accostai le manant pour causer. Dans la conversation, je lui parlai de son malheur et voulus savoir depuis quand et comment il lui était arrivé.
— Malheur ! s'écria-t-il ; sachez, Sire, que je ne le regarde point comme tel, il s'en faut de beaucoup, et je vous prie même, au contraire, de m'en faire compliment.

Cette façon de penser m'ayant beaucoup étonné, je le fis expliquer ; il parla ainsi :
— Depuis que je n'ai plus de jambes, je n'ai plus besoin de bas ni de souliers, et d'abord voilà une épargne et par conséquent un grand avantage ; mais ce n'est pas le seul. Quand je marchais, j'avais toujours à craindre de me heurter contre une pierre, de m'enfoncer une épine dans le pied, de me blesser enfin et d'être obligé de garder le lit sans pouvoir travailler. Maintenant, pierres et cailloux, boue et neige, tout m'est égal. Le chemin serait pavé d'épines que j'y marcherais sans la plus petite inquiétude. Si je trouve un serpent, je peux l'écraser ; si un chien veut me mordre, il ne tient qu'à moi de l'assommer ; si ma femme est méchante, j'ai de quoi la battre ; enfin, me donne-t-on des noix ? mon pied les casse ; suis-je auprès du feu ? mon pied l'attise ; et après sept ou huit ans, quand mes jambes m'ont rendu tous ces services, je suis encore maître de m'en chauffer.

Or, maintenant, mes amis, je vous demande si tant d'avantages ne méritent pas quelque considération, et si vous n'agiriez pas prudemment peut-être de vous faire couper les deux jambes pour avoir le même bonheur que le villain.

Le Larron qui embrassa un rayon de lune

J'ai ouï parler d'un larron qui entra dans une maison où habitait un homme riche. Il voulait y voler et montait sur le toit de la maison. Du haut du toit, il se mit à écouter pour s'assurer que personne ne veillait plus dans la maison et qu'il pouvait agir à son aise.

Mais le maître de la maison aperçut très bien le larron. Il se promet, s'il le peut, de lui jouer un bon tour. Il dit tout bas à sa femme :
— Demande-moi bien haut (peu importe qu'on t'entende), d'où m'est venue ma richesse qui me permet de mener tel train aujourd'hui. Ne me laisse reposer qu'une fois que tu me l'auras fait conter.

Celle-ci fit ce qu'il demandait ; elle lui dit à haute voix :
— Sire, par Dieu, contez-moi donc comment vous avez conquis votre richesse et votre avoir. Je ne pus jamais le savoir. Je ne vous vis jamais faire le marchand ni l'usurier pour tant gagner. Je ne sais où vous avez acquis tout ce que vous possédez.
— Vous avez tort de me demander telle chose. Faites à votre volonté des biens que Dieu vous a prêtés.

Alors elle se mit à le presser de plus en plus, et s'efforça de tout savoir. Le prud'homme faisait beaucoup de difficultés pour consentir à ce qu'elle demandait. À la fin, comme par contrainte, il lui apprit d'où venait sa richesse :
— Je fus jadis larron, et c'est ainsi que j'entrai en possession de tant de richesses.
— Comment avez-vous donc volé ? Jamais nul ne vous accusa.
— Mon maître m'enseigna un charme auquel il attachait beaucoup d'importance : quand il était sur le toit d'une maison, il répétait sept fois certaines paroles magiques. Puis j'embrassais un rayon de lune et je descendais dans la maison, où je prenais sans difficulté tout ce que je voulais. Et quand je désirais m'en retourner, je répétais sept fois la formule magique, j'embrassais de nouveau le rayon de lune et remontais comme par une échelle.
— Enseignez-moi donc des paroles.
— Elles sont très faciles, c'est le mot « saül » sept fois répété. Les

paroles dites, le rayon me portait aisément ; et, dans la maison où je les avais prononcées, ni grand ni petit ne s'éveillait.
— Par saint Maur !, voilà un charme qui vaut un riche trésor. Si j'ai jamais ami ou parent qui ne puisse vivre autrement, je lui enseignerai ce charme-là, et j'en ferai un riche manant.

Le prud'homme lui dit alors de se taire et de s'endormir, car il avait assez veillé, et avait grand sommeil. Elle le laissa reposer et il se mit à ronfler. Quand le larron l'entendit, il le crut endormi. Il n'avait pas oublié le mot magique… Il le répéta sept fois, embrassa un rayon de lune, y noua ses pieds et ses mains… et trébucha si bien qu'il tomba et se brisa la cuisse droite et le bras pareillement. Le rayon l'avait bien mal porté.

Le prud'homme, éveillé, parut effrayé du bruit et demanda qui menait tel vacarme :
— Je suis un larron et j'ai, par malheur, prêté l'oreille à votre discours. Votre charme m'a si bien porté que me voici mort et blessé.
On se saisit du larron et l'on court aussitôt chercher la justice pour le lui livrer.

Le Tailleur du Roi et son apprenti

Un roi avait un excellent tailleur, et ce tailleur avait, parmi ses compagnons, un premier garçon fort habile, nommé Nidui. Aux approches d'une grande fête, le roi manda son tailleur, et lui livra plusieurs riches étoffes dont il voulait tirer différents habits, afin de célébrer dignement la fête. Le maître aussitôt mit tout son monde à l'ouvrage ; mais pour qu'on ne pût rien voler, un chambellan fut chargé par le prince de veiller dans le lieu où l'on travaillait, et de ne pas perdre les ouvriers de vue.

Un jour, le chambellan voulut à dîner régaler de miel le tailleur et ses garçons. Nidui venait de sortir dans ce moment, et le chambellan proposa de l'attendre.
— Ce serait bien fait, répondit le maître, si mon premier garçon aimait le miel ; mais je sais que Nidui ne l'aime pas, et qu'il préférera manger son pain sec.
Le drôle ne disait cela que par malice, et pour avoir, aux dépens de son garçon, une portion plus forte.

Celui-ci, quand il rentra, apprit avec quelque dépit le tour qu'on lui avait joué. Néanmoins, il dissimula son ressentiment pour pouvoir mieux se venger ; et ayant trouvé l'occasion de parler au chambellan en particulier :
— Je crois devoir vous prévenir d'une chose importante, lui dit-il, c'est que notre maître a le cerveau dérangé, et que, de temps en temps, et aux changements de lune surtout, il lui prend des quintes si dangereuses, qu'on est obligé de le lier et de le battre. Ainsi tenez-vous sur vos gardes, car dans ces moments-là, il ne connaît plus personne, et s'il vous trouvait sous sa main, ma foi, je ne répondrais pas de vos jours.
— Vous me faites peur, répondit le chambellan ; mais, dites-moi, peut-on prévoir à quelques signes la prochaine venue d'un accès ? Je le ferais lier alors, et corriger si bien que personne n'aurait à craindre de lui.
— À force d'avoir vu de ces sortes de scènes, continua le garçon, nous avons appris à les prévoir. Si vous le voyez chercher çà et là,

frapper la terre du pied, se lever, jeter son escabelle, c'est un signe que sa folie le prend. Sauvez-vous alors, ou employez tout aussitôt le remède dont vous m'avez parlé.
— Eh bien ! nous l'emploierons, dit l'officier, soyez tranquille.

Quelques jours après, Nidui trouve le moyen d'enlever adroitement et sans être aperçu de personne les grands ciseaux du tailleur. Celui-ci, qui en avait besoin pour couper, cherche autour de lui ; il se lève, regarde à terre, s'impatiente, frappe du pied, jure et finit par jeter de colère son escabelle au loin. Le chambellan aussitôt appela du monde : on saisit le prétendu fou, et on le bâtonne jusqu'à ce que les bras qui frappent tombent de lassitude.

Lorsqu'il fut délié, il s'informa de ce qui lui avait attiré ce traitement : on le lui apprit. Alors il appela son garçon, et lui demanda depuis quand il était fou :
— Sire, répondit Nidui, c'est depuis le jour que je n'aime plus le miel.
Cette réponse expliqua l'énigme, et l'aventure prêta beaucoup à rire aux dépens du tailleur.

Le Prudhomme qui sauva son compère

Il advint à un pêcheur qui en mer allait un jour, qu'il tendit son filet sur son bateau. Il regarda, et vit droit devant lui un homme tout près de se noyer. Le pêcheur était très brave et fort agile : il se dresse sur ses pieds, saisit un crochet, le brandit et frappe l'homme en plein visage de telle sorte qu'il le lui a planté dans l'œil. Sur le bateau, il l'a tiré à lui. Il s'en retourna sans plus attendre, cessa de tendre ses filets, à sa demeure le fit porter, très bien servir et bien soigner, jusqu'à ce qu'il fût tout à fait rétabli.

Longtemps après, l'autre a réfléchi qu'il avait perdu son œil et qu'il lui était advenu dommage :
— Ce villain m'a crevé l'œil et moi je ne lui ai fait tort ; je m'en irai porter plainte contre lui pour lui causer mal et ennui.
Il s'en retourne, va se plaindre au Maire qui fixe le jour de l'audience. Tous deux attendirent le jour auquel ils vinrent devant la Cour.

Celui qui avait perdu son œil déposa le premier, comme de juste.
— Seigneurs, je porte plainte contre ce prud'homme qui, l'autre jour, violemment, me frappa d'un crochet. Il m'a crevé l'œil, j'en ai dommage. Faites-moi justice, c'est tout ce que je demande.

L'autre répond sans plus attendre :
— Seigneurs, je lui ai crevé l'œil, je ne puis le contester. Mais cela dit, je veux vous montrer comment cela arriva et si j'ai tort. Cet homme était en péril de mort, en la mer où il allait se noyer ; je lui portai aide et, je ne puis le nier, d'un crochet qui m'appartenait je le frappai. Mais tout cela, je le fis pour son bien : ainsi, je lui ai sauvé la vie. Je n'ai que faire de parler plus longtemps ; pour l'amour de Dieu, faites-moi justice.

Les juges demeuraient perplexes, tous dans l'embarras pour prononcer une sentence équitable, quand un fou qui se trouvait devant la Cour leur dit :
— Pourquoi êtes-vous hésitants ? Le prud'homme qui parla le pre-

mier, qu'il soit remis dans la mer, là où l'autre l'a frappé au visage ; s'il peut s'en tirer, l'autre paiera amende pour son œil ; c'est droit jugement, ce me semble.
Alors tous s'écrient ensemble :
— Tu as bien parlé ; on ne cassera pas ton jugement.
La sentence fut alors prononcée : quand le compère entendit qu'il serait remis en la mer où il se trouvait, où il avait souffert du froid et des vagues, il n'y serait rentré pour rien au monde. Il retira sa plainte contre le prud'homme et fut blâmé par bien des gens.

C'est pourquoi je vous dis, tout bonnement, que c'est perdre son temps que d'obliger un félon. Sauvez de la potence un larron, quand il a accompli un méfait, jamais il ne vous aimera… Jamais méchant ne saura gré. Un méchant, si un prud'homme se montre bon envers lui, oublie tout ; cela n'est rien pour lui. Au contraire, il sera volontiers prêt à lui causer mal et ennui, s'il venait à avoir le dessus sur lui.

La Sacoche perdue

Un marchand venait d'une foire où il avait fait de très grandes affaires. Il avait mis tout son avoir, en belles pièces d'or, dans une grande sacoche de cuir. Il allait par monts et par chemins. En traversant la ville d'Amiens, il passa devant une église. Il s'y arrêta pour faire ses prières, comme il en avait l'habitude, devant l'image de la mère de Dieu, et posa sa sacoche devant lui. Quand il se releva, une pensée qui l'occupait lui la fit oublier et il s'en alla sans la prendre.

Il y avait dans la ville un bourgeois qui, lui aussi, avait coutume d'aller faire oraison devant la benoîte mère de Dieu. Il vint peu après s'agenouiller à la place que l'autre venait de quitter. Il trouve la sacoche, scellée et fermée d'une petite serrure, et il comprend bien qu'elle doit renfermer beaucoup de pièces d'or.

Tout étonné, il s'arrête :
— Eh ! Dieu, que faire ? Si je fais crier par la ville que j'ai trouvé cette sacoche, tel la réclamera qui n'y a aucun droit.
Il se décide à la garder jusqu'à ce qu'il en entende parler. Il rentre chez lui, cache la sacoche dans un coffre, puis vient à sa porte et avec un morceau de craie il y écrit en grosse lettre : Si quelqu'un a perdu quelque chose, qu'il s'adresse ici.

Le marchand avait repris sa route, et, sorti de la pensée qui l'avait distrait, tâte autour de lui, croyant trouver sa sacoche, mais ce fut peine perdue.
— Hélas, j'ai tout perdu ! Je suis mort ! Je suis trahi !
Il revint au moûtier[14] dans l'espoir que la sacoche y était encore : plus de sacoche. Il va trouver le prêtre et, lui demande des nouvelles de son argent : point de nouvelles. Il quitte l'église, tout troublé. Il se met à errer par la ville.

En passant devant la maison du bourgeois qui avait trouvé la sacoche, il voit les lettres écrites sur la porte. Le bourgeois se tient sur le seuil. Notre marchand l'accoste :

---

14 Monastère, s'écrit aujourd'hui sans accent circonflexe sur le u.

— Êtes-vous le maître de cette maison ?
— Oui, sire, tant qu'il plaira à Dieu. Qu'y a-t-il pour votre service ?
— Ah ! sire, pour Dieu, dites-moi, qui a écrit ces lettres à votre porte ?
Le bourgeois feint de n'en rien savoir :
— Bel ami, il passe par ici bien des gens, surtout des clercs ; ils écrivent des vers ou ce qui leur passe par la tête. Mais avez-vous perdu quelque chose ?
— Perdu ! certes, j'ai perdu tout mon avoir.
— Quoi au juste ?
— Une sacoche toute pleine d'or, scellée et fermée d'une serrure.
Et il décrit la serrure et le sceau.

Le bourgeois comprend sans peine qu'il dit la vérité. Il le mène dans sa chambre, lui montre la sacoche et lui dit de la prendre. Le marchand, voyant ce bourgeois si loyal, reste tout interdit et il se dit :
— Beau sire Dieu, je ne suis pas digne d'avoir le trésor que j'avais amassé. Ce bourgeois en est plus digne que moi. Sire, cet argent sera mieux placé dans vos mains que dans les miennes. Je vous l'abandonne et je vous recommande à Dieu.
— Ah ! bel ami, prenez votre sacoche, en grâce, je n'y ai pas droit.
— Non, je ne la prendrai pas ; je m'en irai pour sauver mon âme.
Et il s'enfuit en courant.

Quand le bourgeois le voit fuir, il se met à courir après lui en criant :
— Au voleur ! au voleur ! arrêtez-le !
Les voisins l'entendent, sortent, arrêtent le marchand et l'amènent au bourgeois :
— Que vous a-t-il volé ?
— Seigneurs, il veut me voler mon honneur et ma loyauté que j'ai gardés toute ma vie.

Quand ils eurent appris toute la vérité, ils obligèrent le marchand à reprendre son argent.

Le Testament de l'âne

Un prêtre possédait une très belle paroisse. Comme il en tirait de bons revenus, il ne manquait pas de richesses : son grenier était plein de blé, ses coffres remplis de linge frais et propre, sa bourse chargée de pièces sonnantes.
Le prêtre partageait son existence solitaire avec un âne qu'il affectionnait tout particulièrement. La bête était docile, volontaire, énergique à l'ouvrage. Un jour, l'animal, déjà vieux et usé, mourut. Le chapelain en conçut une grande peine et ne pouvant se résigner à confier la dépouille mortelle au boucher, il choisit de l'enterrer dans le cimetière du village, au milieu de ses paroissiens. « Après tout, se dit l'homme, cet âne a autant mérité qu'un autre d'être enseveli en terre consacrée. »

L'évêque du diocèse était tout différent de son curé : il aimait le luxe, les belles fêtes, les réceptions somptueuses. D'un naturel généreux, il donnait sans compter et laissait filer sans prendre garde l'argent entre ses doigts. Naturellement, il ne détestait rien de plus que les prêtres avares, économes de leur fortune et cherchait toujours à les prendre en défaut. Aussi, quand il apprit que le malheureux chapelain avait enterré son âne fidèle dans le cimetière, il convoqua ce dernier, très en colère, avec à l'esprit l'idée qu'il pourrait tirer de lui une amende exemplaire.

Le prêtre, penaud, se rendît auprès de l'évêque. Celui-ci se fâcha :
— Mauvais homme, suppôt de Satan. As-tu un instant songé à ton âme ? Tu as agi en idolâtre païen, tu as scandalisé tes paroissiens. Que peux-tu répondre pour ta défense ?
— Monseigneur, me voilà bien mal à mon aise de comparaître ainsi devant vous à cet instant. Je suis ignorant de beaucoup de choses et je ne puis sur l'instant exposer à votre sage jugement les propos de ma défense. De grâce, pouvez-vous m'accorder un délai de quelques jours pour me préparer à la tâche difficile qui est mienne ?

L'évêque hésita un instant : tout accusé avait droit de prendre conseil avant de comparaître devant son juge, il accepta donc.

— Reviens demain, mais sois à l'heure !
Le prêtre ne prit aucun repos de la nuit : il réfléchit et réfléchit encore. Estimant qu'il ne pourrait se tirer de cette bien vilaine affaire sans consentir un sacrifice, il décida de tromper par la ruse son évêque.

Le lendemain, il se présenta à son juge, dans le magnifique palais épiscopal du diocèse.
— Alors, dit le prélat, je t'écoute.
— J'ai péché Monseigneur, je le reconnais de bon cœur. Aussi, je vous demande de me recevoir en confession. C'est l'âme soulagée que je pourrai gagner le ciel et ses Saints.

L'évêque ne pouvait refuser la confession au pénitent qui en exprimait le vœu. Il s'éloigna à l'écart des oreilles indiscrètes, accompagné du curé. Celui-ci lui souffla :
— Je me soumettrai à votre juste décision si vous pensez que j'ai mal agi en enterrant mon âne en cimetière chrétien. Néanmoins, cet âne n'était pas ordinaire. Il était un modèle de vertu, obéissant, docile, tenace à la tâche. Il tirait mon chariot, portait son chargement sans grogner. En échange, je lui versais salaire comme tout bon valet. Vingt ans ont passé, il a économisé une grande fortune, car il ne dépensait rien. Quand il a senti que son dernier jour venait à lui, il m'a demandé par testament de vous transmettre tout son avoir, à la condition ultime de l'ensevelir en terre chrétienne. Il voulait penser au salut de son âme. Il m'a remis cette pleine bourse d'argent à votre attention.

Et le curé tira des plis de sa cape un petit sac de cuir noué, contenant grand nombre de pièces. L'évêque s'empara de la bourse, considéra son poids puis de sa main libre accomplit le signe de l'absolution.
— La miséricorde de Dieu est immense et ses desseins sont impénétrables aux simples croyants que nous sommes tous. Va en paix mon fils.
Quiconque a un peu d'argent et de malice se sort de bien des tourments, croyez-moi.

Les Trois Aveugles de Compiègne

Je vais vous conter un fabliau. On tient pour sage le ménestrel qui s'ingénie à trouver de beaux dits et de beaux contes qu'on récite devant les ducs et les comtes. Il est bon d'écouter des fabliaux : ils font oublier maintes douleurs et maint mal, maint souci et maint méfait. Courtebarbe a fait le fabliau que je vais vous conter et je crois bien qu'il lui en souvient encore.

Il advint que trois aveugles, partis de Compiègne, cheminaient de compagnie. Avec eux, pas un seul valet pour les guider, les conduire ou leur montrer leur chemin. Chacun portait son hanap[15] de bois. Très pauvres étaient leurs vêtements : ils étaient vêtus misérablement. Ainsi, ils s'en allaient vers Senlis. Un clerc[16] s'en venait de Paris : fort habile à bien comme à mal faire, possédant écuyer et cheval de somme, chevauchant un beau palefroi[17], il arriva bientôt près des aveugles, car il allait à vive allure. Il vit donc que personne ne les conduisait. Et il pense qu'aucun d'eux n'y voit :
— Comment pouvaient-ils avancer ? Que la goutte me torture le corps, si je ne sais s'ils y voient goutte.

Les aveugles l'entendent venir. Le clerc errant, qui veut les tromper, s'avise de leur jouer un bon tour :
— Venez ici, voici un besant[18] que je vous donne pour vous trois.
— Dieu et la Sainte Croix vous le rendent ! Un si beau cadeau !

Chacun pense que son compagnon l'a reçu. Le clerc maintenant s'éloigne d'eux. Il descend de cheval, prête l'oreille et entend ce que disent les aveugles et comment ils devisent entre eux. Le chef des trois dit :
— Il ne nous a pas éconduits, celui qui nous donna ce besant. Ce

---

15 Coupe, vase.
16 Lettré, qui a fait des études. S'oppose souvent au laïc. Même quand il ne compte pas devenir prêtre, le clerc reçoit souvent les ordres mineurs et la tonsure. Il peut se marier et exercer les professions libérales.
17 Cheval de promenade ou de parade.
18 Monnaie d'or courante à Byzance (d'où son nom) d'une valeur intrinsèque de 10 sous tournois, soit une demie-livre, mais d'un pouvoir très supérieur.

besant, c'est un beau cadeau ! Savez-vous ce que nous ferons ? Nous retournerons vers Compiègne. Il y a beau temps que nous n'avons pas fait bombance. C'est bien justice que chacun se donne un peu de plaisir, Compiègne regorge de bonnes choses.
Comme il a sagement parlé, chacun des deux autres répond :
— Allons, repassons le pont !

Vers Compiègne ils s'en sont retournés : arrangés comme ils étaient, tout contents, joyeux et gais. Le clerc continue de les suivre de près. Il se dit qu'il les suivra jusqu'à ce qu'il sache le fin mot de l'histoire. Ils entrent dans la ville ; ils prêtent l'oreille et écoutent ce qu'on crie par les rues :
— Par ici, bon vin frais et nouveau, vin d'Auxerre, vin de Soissons ! Pain et chair[19], vin et poissons ! Il fait bon ici dépenser son argent ! Ici on loge tout le monde, et tout le monde est content.
Ils s'en vont de ce côté sans hésiter, ils entrent dans la taverne. Ils s'adressent à l'hôte :
— Écoutez-nous, ne nous tenez pas pour vils parce que nous sommes pauvrement vêtus. Nous voulons être servis à part. Nous vous paierons mieux que de plus huppés ; nous voulons être bien servis.

L'hôtelier croit qu'ils disent vrai, ces drôles-là. Souvent de tels gens ont force deniers. Il s'empresse auprès d'eux et les mène dans la salle du haut :
— Seigneurs, une semaine entière vous pourriez mener ici bonne et joyeuse chère. En la ville, il n'est bon morceau que je ne vous donne, si vous voulez…
— Sire, c'est bien. Faites-nous servir vite et bien.
— Laissez-moi faire.

Puis il s'en va. Il leur fait préparer un repas à cinq services. Pain, chair, pâtés, chapons, vins (et des meilleurs) : il fait donc apporter tout cela. Il a fait flamber un bon feu. Les aveugles se sont assis à la table haute. Le valet du clerc avait conduit ses chevaux à l'écurie et était entré dans l'auberge. Le clerc, qui était fort bien appris et bien

---

19 Viande.

vêtu et avec élégance, noblement festoie avec l'hôte tant au déjeuner le matin qu'au souper le soir. Les aveugles, dans la chambre haute, se régalaient comme des chevaliers. Chacun menait grand bruit, l'un à l'autre ils se versaient du vin.
— Tiens ! je te sers. S'il te plaît, sers-moi à ton tour. Voilà du vin de bonne vigne !

Soyez sûrs qu'ils ne s'ennuient pas. Ainsi jusqu'à minuit, ils furent en joie et en tranquillité. On leur apprête des lits et ils vont se coucher jusqu'au lendemain qu'il fut belle heure. À l'auberge demeure le clerc parce qu'il voulait savoir la fin de l'histoire. L'hôte se leva de bon matin et son valet aussi. Puis ils firent les comptes, en viandes et en poisson. Le valet dit :
— En vérité, le pain, le vin, le pâté ont bien coûté plus de dix sous[20]. Le clerc en a pour cinq sous.
— De son côté, je ne puis avoir d'ennui. Quant à eux, va là-haut et fais-moi payer.

Le valet, sans retard, monte chez les aveugles. Il dit à chacun de s'habiller bien vite, car son maître veut être payé :
— N'ayez crainte, nous le paierons très bien. Savez-vous ce que nous lui devons ?
— Oui, dix sous.
— C'est pour rien !

Ils se lèvent, descendent. Le clerc, qui se chaussait devant son lit, a tout entendu. Les trois aveugles disent à l'hôte :
— Sire, nous avons un besant. Rendez-nous le surplus avant que nous fassions une nouvelle commande.
— Volontiers.
— Eh bien ! que celui qui a le besant le lui baille. Moi je n'ai rien.
— C'est donc Robert Barbefleurie ?
— Non, je ne l'ai pas. C'est vous qui l'avez, je le sais bien.
— Corbleu ! je ne l'ai pas.
— Qui donc l'a ?
— Toi !

---

20 Petite monnaie qui vaut douze deniers, en argent.

— Non, toi !

— Payez, truands, ou vous serez battus et mis en cachot puant. Mais vous ne partirez pas ainsi d'ici.

Et eux de s'écrier :

— Au nom de Dieu, grâce, sire, nous vous paierons bien !

Et ils recommencent leur querelle.

— Robert, donne donc le besant. Tu marchais devant, tu l'as reçu le premier.

— Mais non, c'est toi, qui marchais le dernier. Baille-le-lui, car moi je n'ai rien.

— Me voilà bien à point, car on se moque de moi !

Il va donner un grand soufflet à l'un des aveugles et se fait apporter deux bâtons. Le clerc si richement vêtu, que l'histoire amusait fort, riait à gorge déployée et se pâmait d'aise. Quand il vit le tour que prenaient les événements, il s'approcha vivement de l'hôte, lui demande ce qui se passait et ce qu'il voulait de ces gens :

— Ils m'ont mangé et bu pour dix sous, et maintenant ils se moquent de moi. Mais ils me le paieront : chacun dans son corps en aura honte et dommage !

— Eh ! bien, mettez tout cela sur mon compte, je vous dois quinze sous. Il est mal de tourmenter les pauvres gens.

— Bien volontiers, vous êtes un clerc vaillant et loyal.

Et les aveugles s'en vont tout quittes.

Écoutez maintenant quel subterfuge inventa le clerc pour s'en tirer. On sonnait en ce moment la messe. Il vient à l'hôte :

— Mon hôte, vous connaissez bien le curé de votre paroisse ? Ces quinze sous, s'il voulait bien vous les payer pour moi, vous lui feriez crédit ?

— Je le connais à fond et, par saint Sylvestre, je lui ferais crédit, s'il voulait, de plus de trente livres !

— Dites donc à vos gens que je suis quitte, aussitôt qu'ils me verront revenir.

Et le clerc demande à son valet d'équiper son palefroi, de charger

ses bagages. Que tout soit prêt à son retour ! Puis il dit à l'hôte de venir avec lui. Tous deux s'en vont à l'église. Ils ont pénétré dans le chœur. Le clerc qui doit les quinze sous a pris son hôte par le doigt, il le fait asseoir près de lui :
— Je n'ai guère le loisir d'attendre que la messe soit chantée. Je veux vous faire tenir votre promesse. Je vais dire au curé qu'il vous paie vos quinze sous, aussitôt après l'office.
— Tout à votre volonté.

Le prêtre avait revêtu ses vêtements sacerdotaux et allait commencer sa messe quand le clerc l'aborda. Il sut bien se tirer d'affaire : il avait l'air d'un gentilhomme et n'avait pas vilain visage. Dans sa bourse, il prend douze deniers et les met dans la main du prêtre :
— Écoutez-moi, sire, par saint Germain, écoutez-moi un peu. Tous les clercs doivent être amis. C'est pourquoi je viens vous trouver. J'ai passé la nuit dans un hôtel, chez ce bourgeois qui est un brave homme. Que notre doux Jésus-Christ le console, car il est prud'homme et sans malices. Mais une cruelle maladie le prit hier soir dans la tête pendant que nous menions tous deux joyeuse fête. Il est devenu complètement fou ! Dieu merci, il a retrouvé son bon sens, mais il souffre encore de la tête. Je vous prie donc de lui lire, après la messe, un évangile sur la tête.
— Par saint Gilles, je le ferai.
Puis il s'adresse à l'hôte :
— Oui, je le ferai dès que j'aurai dit ma messe. J'en tiens quitte le clerc.
— Je ne demande pas mieux.
— Sire prêtre, je vous recommande à Dieu.
— Adieu, beau doux maître.

Le prêtre va donc à l'autel. À haute voix il commence à chanter sa messe. C'était jour de dimanche : l'église s'emplissait de monde. Le clerc qui était beau et aimable vint prendre congé de son hôte, et le bourgeois, sans plus attendre, l'accompagna jusqu'à l'hôtel. Le clerc monte à cheval, reprend son chemin. Le bourgeois revient vite à l'église, impatient de recevoir ses quinze sous. Il comptait fermement les avoir. Dans le chœur, il attendit que la messe fût chantée et

que le prêtre eût enlevé ses vêtements d'office.
Alors, sans délai, le prêtre prend un évangéliaire et une étole. Il appelle l'hôte :
— Sire Nicolas, venez ! Agenouillez-vous ici.

Le bourgeois ne comprit rien à ces paroles.
— Je ne suis pas venu ici pour cela, il s'agit de me payer mes quinze sous.
— Vraiment, il est fou. In nomine Domini. Protégez l'âme de ce pauvre homme. Je vois bel et bien qu'il a perdu la raison.
— Écoutez, écoutez comme ce prêtre se moque de moi. Peu s'en faut que je ne perde le sens, à le voir ici m'imposer son livre !
— Je vous dirai, beau doux ami, de vous souvenir de Dieu quoi qu'il arrive, et nul mal ne vous adviendra !

Et il lui met le livre sur la tête et veut lui lire l'évangile. Mais le bourgeois de crier :
— J'ai affaire chez moi ! Je n'ai cure de toutes vos histoires. Payez-moi vite tout mon argent !
Et il se fâche rudement contre le prêtre. Effroi du prêtre qui appelle tous ses paroissiens. Attroupement autour du bourgeois.
— Tenez-moi cet homme, il est fou !
— Mais non, par saint Corneille ! je ne suis pas fou. Par la foi que j'ai pour ma fille, vous me paierez mes quinze sous. Ne vous moquez pas de moi ainsi.
— Tenez-le !

Les paroissiens, sans y contredire, se saisissent vite de lui, lui tiennent les mains très fort tout en lui disant des paroles de réconfort. Le prêtre apporte le livre, le lui met sur la tête et lit son évangile sans en sauter une ligne, l'étole autour du cou. Puis il l'asperge d'eau bénite, le prenant à tort pour fou. Le bourgeois désire vivement s'en retourner chez lui. Les paroissiens finissent par le laisser aller. Le prêtre fait sur lui le signe de la croix et lui dit :
— Vous avez bien souffert !
Et le bourgeois se tient tout coi, honteux et confus d'avoir été si bien berné, mais content d'en réchapper. Il s'en retourne droit à son

hôtel.

Courtebarbe dit qu'on fait fort honte à maint homme. C'est par là que je termine mon conte.

Les Trois Bossus

Messieurs, si vous voulez m'écouter un instant, et d'abord je ne mens jamais, je vous conterai une aventure qui arriva jadis dans un château. Ce château était bâti sur le bord d'une rivière, vis-à-vis d'un pont et à très peu de distance d'une ville dont j'ai oublié le nom : supposons pour un moment que ce soit la ville de Douai.

À Douai donc vivait un bourgeois, sage et prud'homme, estimé de tout le monde pour sa probité. Malheureusement, il n'était pas riche, mais il avait une fille si belle, si belle, qu'on venait par plaisir la regarder ; et, à vous dire vrai, je ne crois pas que Nature ait jamais formé créature plus accomplie.

Le maître du château dont je vous ai parlé était un bossu. Nature s'était amusée aussi à former ce petit bijou-là. Il est vrai que ce n'était pas tout à fait sur le même modèle que la belle bourgeoise ; mais à défaut d'esprit, elle avait donné au magot une grosse tête, et cette tête, qui venait se perdre entre deux hautes épaules elle l'avait armée d'une crinière épaisse, d'un cou court, d'un visage à faire reculer d'effroi. Tel était en abrégé le portrait du châtelain. Peut-être dans toute votre vie n'en verrez-vous pas un semblable.

Malgré sa difformité, cet épouvantail s'avisa néanmoins d'aimer la pucelle. Il fit plus : il osa la demander en mariage ; et comme il était le plus riche du canton, car il avait passé sa vie à entasser denier sur denier, la pauvrette lui fut livrée. Hélas ! Il n'en devint que plus à plaindre. Horriblement jaloux et d'ailleurs trop bien convaincu de sa laideur, il n'eut plus de repos ni le jour ni la nuit. Il allait et venait sans cesse, rôdant, espionnant partout et ne laissant jamais entrer chez lui que les personnes qui apportaient quelque chose.

Une des fêtes de Noël qu'il était ainsi en sentinelle à sa porte, il se vit abordé tout à coup par trois ménestrels bossus. Les chanteurs avaient fait la partie de se réunir tous les trois pour venir lui faire niche et s'amuser à ses dépens. Ils le saluèrent comme confrère, lui demandèrent en cette qualité de les régaler et, en même temps, pour

constater la confraternité, tous trois présentèrent leur bosse. Cette plaisanterie qui devait, selon toutes les apparences, être fort mal reçue du sire, par événement le fut pourtant assez bien. Il conduisit les ménestrels à sa cuisine, leur servit des pois au lard et un chapon, et leur donna même en sortant vingt sous parisis. Mais quand ils furent à la porte, il leur dit :
— Regardez bien cette maison et, de votre vie, ne vous avisez pas d'y mettre le pied car, si jamais je vous y attrape, vous voyez cette rivière, pour le coup c'est là que je vous ferai boire.
Nos musiciens rirent beaucoup de ce propos du châtelain, et ils reprirent le chemin de la ville, dansant d'une manière burlesque et chantant tous trois à tue-tête pour le narguer. Quant à lui, sans faire à eux la moindre attention, il alla se promener dans la campagne.

La dame, qui le vit passer le pont et qui avait entendu les ménestrels, les appela dans le dessein de se distraire un moment en les faisant chanter. Ils montèrent. On ferma les portes, et mes gens aussitôt de débiter à l'envi, pour égayer la châtelaine, tout ce qu'ils savaient de mieux. Déjà la dame entrait en gaîté, quand tout à coup on entend frapper en maître : c'était l'époux qui revenait.
Les bossus alors se croient perdus, la femme est saisie de frayeur, et en effet tous quatre avaient également à craindre. Celle-ci heureusement aperçoit près du lit, dans une pièce voisine, trois coffres qui étaient vides. Elle place dans chacun un bossu, ferme sur eux les couvercles, et va ouvrir à son mari.

Il ne rentrait que pour espionner sa femme, à l'ordinaire. Aussi, dès qu'il fut resté un peu de temps auprès d'elle, il sortit de nouveau et vous croyez bien qu'elle n'en pleura pas. À l'instant elle courut aux coffres pour délivrer ses prisonniers, car la nuit approchait et son mari, par conséquent, ne devait pas tarder à revenir. Mais quelle fut sa douleur quand elle les trouva tous trois morts et étouffés ! Peu s'en fallut qu'elle ne souhaitât mourir aussi elle-même. Au reste, toutes les lamentations possibles n'eussent remédié à rien. Il fallait au plus tôt se débarrasser des trois cadavres, et il n'y avait pas un moment à perdre.

Elle courut donc à la porte et, voyant passer un gros paysan :
— Ami, lui dit-elle, veux-tu être bien riche ?
— Oui, douce dame. Essayez un peu, vous verrez si je l'endurerai.
— Eh bien, je ne te demande pour cela qu'un service d'un moment, et te promets trente livres en belles et bonnes pièces ; mais il faut auparavant me jurer sur ton Dieu de me garder le secret.
Le paysan, que tenta la somme, fit tous les serments qu'on voulut. La châtelaine alors le conduisit à sa chambre et, ouvrant le premier des coffres, elle lui dit qu'il s'agissait de porter ce mort à la rivière. Il demande un sac, y met le bossu, va le précipiter du haut du pont puis revient tout essoufflé chercher son paiement.

— Je ne demandais pas mieux que de vous satisfaire, répartit la dame, mais au moins vous conviendrez qu'il faut avoir rempli nos conditions. Vous êtes convenu, n'est-ce pas, de me débarrasser de ce cadavre ; le voici encore cependant, regardez vous-même.
En même temps, elle lui montre le second coffre où était un autre bossu. À cette vue, le manant est stupéfait :
— Comment diable ! Est-il donc revenu ?, dit-il, je l'avais bien jeté pourtant. C'est sûrement quelque sorcier mais, parbleu, il en aura le démenti et fera encore une fois le saut périlleux.
Il fourre aussitôt dans le sac le second bossu et va le jeter, comme l'autre, à la rivière, ayant grand soin de lui mettre la tête en bas et de bien regarder s'il tombe.

Pendant ce temps, la dame dérangeait les coffres vides et les changeait encore de place, de façon que le troisième, qui était plein, se trouva ainsi être le premier. Quand le villageois rentra, elle le prit par la main et, le conduisant vers le mort qui restait, lui dit :
— Vous aviez raison mon cher, il faut que ce soit un sorcier, et l'on n'a jamais rien vu de semblable. Tenez, ne le voilà-t-il pas encore ?
Le vilain grince les dents de rage.
— Eh quoi ! Par tous les diables d'enfer, je ne ferai donc, dit-il, que porter tout le jour ce maudit bossu, et le coquin ne voudra pas mourir ! Oh, par le cudieu, nous verrons !

Il l'enlève alors avec des jurons effroyables et, après lui avoir attaché une grosse pierre au cou, va le lancer au beau milieu du courant en le menaçant sérieusement, s'il le retrouve une troisième fois, de le faire expirer sous le bâton.

Le premier objet qu'il rencontre à son retour est le maître du logis qui rentrait chez lui. À cette vue mon vilain ne se possède plus de fureur.

— Chien de bossu, te voilà donc encore, et il ne sera pas possible de se dépêtrer de toi. Allons je vois qu'il faut t'expédier tout de bon.

Il court aussitôt sur le châtelain qu'il assomme et, pour l'empêcher de revenir, il le jette à la rivière enfermé dans le sac.

— Je gage que vous ne l'avez pas revu ce voyage-ci, dit le manant à l'épouse quand il fut remonté.

Elle répondit que non.

— Il ne s'en est morbleu guère fallu, ajouta-t-il, et déjà le sorcier était à la porte. Mais j'y ai mis bon ordre ; soyez tranquille dame, je vous garantis qu'il ne viendra plus.

Il n'était pas difficile de deviner ce qu'annonçait ce propos. La dame, en effet, ne le comprit que trop bien, mais le malheur était fait, il fallut qu'elle s'en consolât. Du reste, elle paya très exactement au villain ce qu'elle lui avait promis, et jamais peut-être ni l'un ni l'autre n'eurent une journée plus heureuse.

Je conclus de cette aventure qu'argent fait tout. Une femme a beau être belle, Dieu pour la former aurait beau épuiser tout son savoir, avec de l'argent, si vous en avez, elle sera à vous ; témoin le bossu de notre fabliau. Maudit soit à jamais l'homme qui attache trop de prix à ce métal et maudit surtout celui qui, le premier, en fit usage.

La Vieille qui graissa la patte au chevalier

Une vieille paysanne possédait pour toute richesse deux vaches. Ce n'était certes pas beaucoup, mais c'était là tout son bien. Elle vendait leur lait pour trouver de quoi survivre. Un matin, les deux bêtes, sans doute mal gardées, fuirent leur enclos et se trouvèrent, à vagabonder sur la route. Le prévôt, passant par là, les vit toutes deux et, les jugeant égarées, il les emmena avec lui.
La malheureuse femme découvrit bientôt que ses deux bêtes avaient disparu. Ses voisins la renseignèrent : le prévôt les avait recueillies, mais il ne voulait pas les rendre. La malheureuse s'en alla trouver l'homme, elle le supplia de lui restituer son unique bien, elle accepta même de payer une amende pour prix de sa coupable négligence.
Mais elle ne pouvait prouver que les vaches lui appartenaient ; le prévôt fît la sourde oreille. La paysanne s'en revint chez elle, désemparée. La voyant en grande peine, sa voisine lui dit :
— Le prévôt est un homme cupide. Si tu pouvais graisser la patte au chevalier, il interviendrait sûrement auprès de ce coquin et le convaincrait de te rendre tes deux vaches.

Voilà la vieille toute rassurée. Elle décrocha un épais morceau de lard suspendu aux poutres de sa cuisine et s'en alla attendre le chevalier. Quand celui-ci parut au loin, elle courut à sa rencontre : elle s'empara de ses paumes et y appliqua plusieurs fois le morceau de gras. L'homme ne dissimula pas sa surprise :
— Que fais-tu donc là ?
La pauvre femme lui répondit :
— Beau sire, je graisse votre patte, car je ne souhaite rien de plus au monde que de récupérer les deux vaches que votre prévôt m'a injustement prises.
Le noble personnage éclata de rire et prit les courtisans de sa suite à témoins.
— Tu n'as pas compris, brave femme. Mais cela est égal, je te rendrai sur le champ tes bêtes !
Ainsi s'achève cette histoire. Mais ne l'avez-vous pas justement remarqué : le pauvre est celui qui paye, toujours, même quand il est dans son bon droit !

Le Villain Mire ou le paysan médecin

Il était une fois un villain fort riche, mais très avare et très chiche. Il avait toujours en main sa charrue, attelée d'une jument et d'un roussin[21]. Il avait d'abondance et viande et pain et vin. Mais parce qu'il n'était pas marié, ses amis le blâmaient fort. Il répondait qu'il se marierait volontiers, s'il trouvait une bonne épouse. Et ses amis disent qu'ils iront en quérir une, la meilleure qu'ils puissent trouver.

Dans le même pays vivait un chevalier : c'était un vieil homme veuf et qui avait une fille, très belle et très courtoise[22] damoiselle. Parce que l'argent lui manquait, il ne trouvait personne qui demandât sa fille... Il l'eût pourtant volontiers mariée, car elle avait largement l'âge de s'établir.

Les amis du villain se rendirent auprès du chevalier et lui demandèrent sa fille pour le paysan, qui avait tant d'or et d'argent, de blé et de vêtements. Il consentit tout de suite au mariage. La jeune fille, qui était sage, n'osa contredire son père et elle épousa le villain...

(Le villain est un rustre qui mène durement sa femme.)
Quand la table fut desservie, le villain, de la paume de sa main qu'il avait grande et large, donna un tel soufflet à sa femme qu'on vit sur son visage la trace de ses doigts. Puis, l'ayant prise par les cheveux, le villain, qui était fort brutal, la battit comme si elle l'avait mérité. Ensuite, il partit bien vite pour les champs, laissant sa femme en larmes :
— Hélas !, que faire, quelle résolution prendre ? Mon père m'a durement trahie, quand il m'a donnée à ce villain. Étais-je près de mourir de faim ? Certes, je fus folle quand je consentis à pareil mariage ! Pourquoi ma mère est-elle morte ?

Elle pleura jusqu'au coucher du soleil. Le villain revint, il se jeta aux pieds de sa femme et la pria de lui faire merci.
— C'est le Diable qui m'a poussé. Je vous promets de ne plus vous

---
21 Cheval de trait, ou de charge.
22 Qui a les manières et le langage raffinés des cours royales ou seigneuriales.

frapper. Je suis courroucé et dolent de vous avoir battue.
Le brutal en dit tant que sa femme lui pardonna et lui servit le repas qu'elle avait préparé. Quand ils eurent bien dîné, ils s'en furent coucher en paix.

Mais le lendemain, le brutal maltraita encore sa femme et peu s'en fallut qu'il ne la blessât. Puis il partit labourer dans ses champs.
— Hélas ! que faire, quelle résolution prendre ? Mal m'est advenu ! Jamais mon mari n'a été battu. Il ne sait pas ce que c'est que les coups ! S'il le savait, il ne m'en donnerait pas tant.

Tandis qu'elle menait grande désolation, voici venir deux messagers du roi, chacun sur un beau palefroi[23]. Ils piquent des deux vers la dame. Ils la saluent de par le roi et lui demandent à manger, car ils en ont grand besoin. Elle leur donne bien volontiers de quoi manger, puis leur dit :
— D'où êtes-vous ? Où allez-vous ? Dites-moi ce que vous cherchez.
L'un répondit :
— Dame[24], par ma foi, nous sommes messagers du roi. Il nous envoie quérir un mire[25]. Nous devons passer en Angleterre.
— Et pourquoi faire ?
— Damoiselle Aude, la fille du roi, est malade. Depuis huit jours passés, elle ne peut boire ni manger, à cause d'une arête de poisson qu'elle a dans le gosier. Le roi est désespéré. S'il la perd, jamais plus il ne connaîtra la joie.
— Vous n'irez pas aussi loin que vous croyez, car mon mari est bon mire, je vous le jure. Il est plus fort en médecine que ne le fut jamais Hippocrate.
— Le dites-vous, dame, par plaisanterie ?
— Non, je n'ai cure de plaisanter. Mais il a un naturel si bizarre qu'on ne tirera jamais rien de lui qu'à condition de bien le battre.
— On s'en chargera. Où pourrons-nous le trouver ?
— Vous le rencontrerez aux champs. En sortant de cette cour, suivez

---

23 Cheval de promenade ou de parade.
24 Titre de politesse, d'un mari à sa femme ou d'un fils à sa mère.
25 Médecin.

le ruisseau, au-delà d'une route déserte : la première charrue, c'est la nôtre. Allez, par saint Pierre l'apôtre, je vous le recommande.

Les autres éperonnent leurs chevaux et s'en vont trouver le villain. Ils le saluent de par le roi et lui disent sans tarder :
— Venez vite parler au roi.
— Pourquoi faire ?
— À cause de la science dont vous êtes tout plein. Il n'est meilleur mire que vous en cette terre. Nous sommes venus de loin vous quérir.
Quand le villain s'entend appeler mire, il entre en grande fureur et répond qu'il ne sait rien de rien.
— Qu'attendons-nous donc ? ne savons-nous pas qu'il faut d'abord le battre, avant qu'il dise ou fasse du bien ?

Et l'un le frappa sur l'oreille, l'autre sur l'échine, d'un bâton qu'il avait grand et gros. Ils lui font une grande honte. Puis ils l'entraînent vers le roi. Il les suit à contrecœur, la tête tournée vers les talons.
Le roi les rencontre :
— Avez-vous donc trouvé quelqu'un ?
— Oui, sire.

Le villain tremblait de peur. Et l'un des messagers raconte d'abord au roi les défauts qu'avait le villain ; comment il était plein de méchanceté, et comment, de quelque chose qu'on le priât, il ne faisait rien, à moins qu'on ne le battît bien.
Le roi dit :
— C'est un mauvais mire que celui-ci, jamais je n'en ai entendu parler. Puisque c'est ainsi, qu'on le batte bien.
— Je suis tout prêt, dit un sergent[26].
— Que je lui paie d'abord ses droits. Écoutez, maître[27], je vais faire venir ma fille qui a grand besoin d'être guérie.

---

26 Homme d'armes.
27 Terme de politesse dont on salue aussi bien le drapier qui a terminé son apprentissage que l'étudiant en théologie qui a obtenu sa licence d'enseignement.

Le villain se mit à crier miséricorde :
— Sire, par le Dieu qui jamais ne mentit, je vous le dis, je ne sais rien de la médecine !
— Vraiment, voilà une nouvelle bien étonnante !… Qu'on me le batte !
Les sergents s'en acquittèrent fort volontiers. Quand le villain sentit les coups, il se trouva bien fou :
— Grâce, je vous la guérirai sans délai !

La jeune fille était dans la salle, toute blême et pâle. Le villain se demanda comment il pourrait bien la guérir ; car il voyait qu'il fallait la guérir ou mourir. Alors, s'il veut la guérir et la sauver, il se dit qu'il faut faire quelque chose qui la fasse rire pour que l'arête sorte du gosier, car l'arête n'avait point pénétré dans le corps.
(Le vilain fait des contorsions, des grimaces bouffonnes et grotesques. La jeune fille éclate de rire, l'arête lui jaillit du gosier.)
Le villain saisit l'arête et sort en courant de la chambre. Il court vers le roi et lui crie :
— Sire, votre fille est guérie, voici l'arête, Dieu merci !

Le roi en est tout réjoui. Il dit au villain :
— Sachez bien que je vous aime plus qu'homme au monde. Je vais vous faire don de beaux vêtements.
— Merci, sire, je n'en veux pas ; je ne peux pas rester ici. Il me faut retourner chez moi.
— Non, tu n'en feras rien, mais tu seras mon maître et mon ami.
— Merci, sire, par saint Germain ! Je n'ai pas de pain chez moi ; on devait charger au moulin, quand je partis hier matin.
Le roi appela deux serviteurs :
— Battez-le-moi, il restera.
Et les sergents se jettent aussitôt sur lui et le bourrent de coups. Quand le villain sent une volée de coups s'abattre sur ses bras, sur ses jambes, sur son dos, il se met à crier grâce :
— Je resterai, laissez-moi en paix !

Le villain demeure donc à la cour : on le tond, on le rase, on le revêt

d'une robe[28] d'écarlate[29]. Il se sent pris au piège. Les malades du pays – plus de quatre-vingts, dit-on – viennent trouver le roi. Le roi appelle le villain :
— Écoutez, maître, voyez ces gens. Guérissez-les-moi bien vite !
— Grâce, sire, il y en a trop : je ne pourrai en venir à bout, je ne pourrai les guérir tous !

Le roi appela deux valets ; chacun prit un bâton, car ils savaient bien pourquoi le roi les appelait. Le villain commence à trembler. Il se met à crier :
— Grâce ! Grâce ! je les guérirai sans délai !

Le villain demande des bûches : on lui en apporte une quantité et l'on fait flamber un beau feu dans la salle : lui-même s'est occupé de la préparer. Il fait rassembler là les malades, puis il dit au roi :
— Sortez, sire, avec tous ceux qui n'ont aucun mal.
Le roi sortit tout bonnement de la salle avec ses gens. Le villain dit alors aux malades :
— Seigneurs[30], par le Dieu qui me créa, écoutez-moi. Vous choisirez le plus malade d'entre vous et je le brûlerai dans ce feu. Je prendrai ses cendres et tous ceux qui en auront goûté seront aussitôt guéris.

Les malades se regardent les uns les autres : mais il n'y eut bossu ni enflé qui, pour la Normandie tout entière, eût avoué qu'il était le plus malade. Le villain s'adresse au premier d'entre eux :
— Tu me parais bien faible. Tu es le plus atteint de tous, je crois.
— Miséricorde, sire ! Je suis très bien portant. Je ne me suis jamais senti mieux. Le mal que j'ai eu si longtemps vient de se passer. Je dis la vérité, soyez-en sûr !
— Va-t'en donc ! Que viens-tu faire ici ?

L'autre eut vite fait de prendre la porte. Le roi, en le voyant sortir,

---

28 Vêtement ample, souvent fourré, qui descend assez bas et se porte sous un manteau sans manche attaché au cou par une agrafe.
29 Étoffe en drap de couleur rouge vif.
30 Titre dont on salue des personnes de condition égale ou inférieure. Le titre de Monseigneur ou Messire est affecté aux chevaliers, surtout quand on les nomme à la troisième personne.

lui demande :
— Es-tu guéri ?
— Oui, sire, par la grâce de Dieu ! Et plus sain qu'une pomme. Votre mire est bien savant homme !

Qu'ajouterai-je ? Il n'y eut petit ni grand qui, pour rien au monde, consentît à se laisser mettre dans le feu. Et tous s'en allèrent, les uns après les autres, se déclarant tous guéris. Quand le roi les vit, il en fut transporté de joie. Il dit au villain :
— Je suis émerveillé, beau maître, de la rapidité avec laquelle vous les avez guéris !
— Sire, je les ai charmés. Je possède un charme[31] qui vaut mieux que gingembre et séné.
— Eh ! bien, vous retournerez chez vous quand vous voudrez, et vous aurez, de mes deniers[32], palefrois et bons destriers[33]. Quand je vous manderai, vous ferez selon mon bon plaisir. Et vous serez mon doux et cher ami, plus qu'aucun des habitants de mon palais. Ne soyez plus ébahi et ne vous faites plus outrager : c'est grande honte de vous frapper.
— Merci, sire, je suis votre homme, soir et matin. Je le serai toute ma vie sans que le repentir m'en vienne.

Il prit congé du roi et revint tout joyeux chez lui. Jamais on ne vit plus riche manant[34]. Il ne retourna plus à sa charrue et ne battit plus sa femme, mais l'aima et la chérit.
Ainsi donc arriva la chose, tout comme je l'ai conté : en dépit du manque de science, sa ruse et sa femme firent du villain un médecin.

---

31 Formule magique qui peut être versifiée ou chantée.
32 La plus petite pièce de monnaie, du latin denarius, un sou vaut douze deniers.
33 Chevaux de bataille.
34 Paysan qui reste attaché à sa terre.

Du Villain et de l'Oiselet

Un prud'homme avait un beau jardin : il avait coutume d'y entrer chaque matin, pendant la belle saison, alors qu'à plaisir chantent oiseaux petits et grands. Une fontaine y sourdait[35], qui faisait reverdir ce lieu. Volontiers y venaient les oiseaux et ils y menaient doux bruit.

Un jour, le prud'homme entra dans son jardin et se reposa dans ce beau lieu. Il entendit un oiseau chanter. L'envie lui prit de s'en saisir : il attrapa l'oiseau au lacet. L'oiseau dit :
— Pourquoi t'être donné la peine de me tromper et de me prendre par ruse ? Quel profit penses-tu en avoir ?
— Je veux que tu chantes pour moi.
— Si tu promets que je pourrai m'en aller partout où je voudrai, je chanterai à ton gré. Mais tant que tu me tiendras prisonnier, tu n'entendras aucun chant de moi.
— Si tu ne veux pas chanter pour moi, je te mangerai.
— Me manger et comment ? Je suis trop petit, vraiment. L'homme qui me mangera n'en tirera guère profit. Si l'on me met à rôtir, je serai tout sec et petit. Je ne vois pas comment vous pourriez me préparer pour tirer quelque plaisir de moi. Mais si vous me laissez aller, certes grand profit en tirerez. Car, en vérité, je vous dirai trois préceptes que vous priserez, seigneur vassal, beaucoup plus que la chair de trois veaux.

Le prud'homme le laissa s'envoler, puis lui demanda de tenir sa promesse. L'oiseau lui répondit aussitôt :
— Ne crois pas tout ce qu'on te dira. Garde bien ce que tu tiendras et ne va pas le perdre en te fiant aux promesses. Ne sois pas trop malheureux pour chose que tu as perdue. Ce sont là, mon ami, les trois préceptes que j'avais promis de t'apprendre.

Là-dessus, l'oiseau se percha sur un arbre et se mit à chanter très doucement. Puis il dit :
— Béni soit le Dieu de majesté, qui t'a si bien aveuglé, et t'a enlevé

---

35 Jaillissait (même famille que « source »).

sens et avoir. Si tu avais ouvert mon corps, tu aurais trouvé une jagonce[36] précieuse en mon gosier, si je ne mens, du poids d'une once[37], tout droitement !

Quand le vilain l'entendit, il se prit à pleurer, à gémir, à se frapper et à regretter maintes fois d'avoir laissé s'échapper l'oiseau.
— Pauvre fol, m'est avis que tu mets bien vite en oubli les trois préceptes que je t'appris tout à l'heure. Je t'ai dit de ne point croire tout ce que tu entendras ; pourquoi crois-tu si légèrement qu'en mon gosier est une pierre, une pierre qui pèse une once ? Tout entier, je ne pèse pas tant ! Et je t'ai dit, s'il t'en souvient, de ne point trop te chagriner ni te rendre misérable, pour chose que tu aies perdue.

Sur ce, l'oiseau s'envola et s'enfuit bien vite vers le bois.

---

36 Pierre précieuse.
37 Poids qui a varié de la douzième (latin uncia) à la seizième partie de la livre.

Du Villain qui conquit le paradis par Plaid

Nous trouvons en écriture une merveilleuse aventure qui jadis advint à un villain. Il mourut un vendredi matin. Telle aventure lui advint qu'ange ni diable ne se présentèrent à cette heure qu'il fut mort et que l'âme lui partit du corps. Il ne trouve personne qui l'interroge ou lui donne un ordre. Sachez qu'elle fut très heureuse, l'âme, qui fut très peureuse. Elle regarde à droite vers le ciel et vit l'archange saint Michel qui portait une âme à grande joie. Après l'ange le villain tint sa voie ; il suivit si bien l'ange, ce m'est avis, qu'il entra en Paradis.

Saint Pierre qui gardait la porte reçut l'âme que l'ange porte et quand il eut reçu l'âme, vers la porte il s'en retourna. Il trouva l'âme qui était seule, demanda qui la conduisait :
— Ici dedans, nul n'est hébergé, s'il ne l'est par jugement ; surtout, par saint Alain, nous n'avons cure de villain, car (aucun) villain ne vient en ce lieu. Plus villain que vous ne peut être !
— Çà beau sire Pierre, toujours vous fûtes plus dur que pierre. Fou fut Dieu, par sainte patenôtre, quand de vous il fit son apôtre ; car il y aura peu d'honneur pour qui renia Notre-Seigneur. Très petite fut votre foi quand vous le reniâtes trois fois. Cependant vous êtes dans sa compagnie, le paradis ne vous convient guère. Sortez donc, et vite, déloyal, car je suis prud'homme et loyal, je dois bien y être, au paradis, par droit compte.

Saint Pierre eut étrange honte. Il s'en retourna le pas léger. Il a rencontré saint Thomas : il lui conte tout à droiture, toute sa mésaventure et sa contrariété et son ennui. Saint Thomas lui dit :
— J'irai à lui ; il n'y restera, qu'à Dieu ne plaise !
Il vient en la place.
— Villain, ce manoir est tout entier nôtre. Il nous est réservé ainsi qu'aux martyrs et aux confesseurs de la foi. Où sont tes bonnes actions pour que tu croies pouvoir rester ici ? Tu n'y peux guère demeurer, car c'est le séjour des loyaux.
— Thomas, Thomas, tu es trop léger de répondre comme un légiste. N'est-ce donc pas vous qui dites aux apôtres quand ils eurent vu

Dieu après la résurrection, que vous ne le croiriez si vous ne sentiez ses plaies ? Et vous en fîtes serment, je le sais bien. Vous fûtes fou et mécréant.

Saint Thomas renonça alors à tancer le villain ; il baissa le col. Puis il s'en est venu vers saint Paul : il lui a conté son malheur. Saint Paul dit :
— J'irai, par mon chef, savoir s'il voudra répondre.

L'âme n'eut pas peur de fondre. Par le Paradis, elle se prélasse.
— Âme qui te conduit ? Où as-tu fait la bonne action par quoi la porte se fût ouverte ? Va-t'en de paradis, villain faux !
— Qu'est-ce dom Paul le chauve, êtes-vous si pétulant, vous qui fûtes horrible tyran ? Il n'en sera jamais d'aussi cruel. Saint Étienne que vous fites lapider le paya bien. Je sais raconter votre vie : par vous furent tués maints prud'hommes... Croyez-vous que je ne vous connaisse ?

Saint Paul en eut très grande angoisse. Il s'en est vite retourné sur ses pas et a rencontré saint Thomas qui avec saint Pierre se consulte. Il lui a conté à l'oreille l'histoire du villain qui l'a maté :
— Contre moi il a conquis le paradis et je le lui octroie.

À Dieu, ils vont en appeler tous trois de la sentence. Saint Pierre tout bonnement lui conte l'histoire du villain qui lui a fait injure :
— Ma parole ! il nous a confondus ; moi-même je suis si confus que jamais je n'en parlerai.
Notre-Seigneur dit :
— J'irai, car je veux ouïr cette nouvelle.

À l'âme il vient. Il l'appelle, lui demande comment il lui advint d'entrer au paradis sans permission.
— Ici jamais une âme n'est entrée, âme d'homme ou de femme, sans permission ; mes apôtres, tu les as blâmés et avilis et calomniés... Et tu crois pouvoir rester ici !
— Sire, aussi bien qu'eux je dois ici rester, si je juge sainement, moi qui jamais ne vous reniai ni ne refusai de reconnaître votre corps ;

par moi personne jamais ne mourut. Mais tout cela, ils le firent jadis et pourtant ils sont en paradis. Tant que mon corps vécut au monde, il mena une vie nette et propre ; aux pauvres, je donnai de mon pain ; je les hébergeai soir et matin ; je les ai réchauffés à mon feu ; jusqu'à la mort, je les ai gardés et je les portai à sainte Église ; ni de braie[38], ni de chemise je ne les laissai manquer ; et je fus confessé vraiment et j'ai reçu ton corps dignement : qui ainsi meurt, on dit au sermon que Dieu lui pardonne ses péchés. Vous savez bien si je dis vrai. Céans, j'entrai sans contredit. Quand j'y suis, pourquoi m'en irais-je ? Je contredirais votre parole, car vous avez sans faute octroyé que qui céans entre ne s'en aille. Donc vous ne mentirez pas pour moi.
— Villain, je te l'octroie. Tu as si bien plaidé ton paradis, que par plaid tu l'as gagné. Tu as été à bonne école, tu sais bien argumenter, bien pousser avant ta parole.

Le villain dit en son proverbe : Mieux vaut ruse que ne fait force.

---

[38] Caleçon de toile qu'on ne voit pas.

Le jugement sur les barils d'huile mis en dépôt

Un jeune homme venait, par la mort de son père, d'hériter d'une maison. Résolu de la garder, quoique ce fût son seul bien, il s'arrangea pour vivre sobrement et restreignit sa dépense. Mais il avait un riche voisin à qui la maison convenait fort ; et celui-ci, après l'avoir plusieurs fois sollicité inutilement de la lui vendre, n'eut pas honte d'employer une friponnerie pour la lui enlever.

Il vint le trouver un jour. « Voisin, lui dit-il, rendez-moi un service. J'ai chez moi dix barils d'huile qui m'embarrassent, et je voudrais trouver à les placer quelque part, en attendant une occasion favorable pour m'en défaire. Votre cour est libre, permettez que je les y fasse porter : je vous témoignerai ma reconnaissance quand ils en sortiront. » Le jeune homme, qui ne soupçonnait dans cette demande aucune malice, y consentit volontiers. Les tonneaux furent transportés chez lui, on ferma la porte de la cour en sa présence, et on lui en remit la clef, dont il eut l'imprudence de se charger, parce qu'il était franc et sans méchanceté. Or, vous saurez que des dix tonneaux il n'y en avait que cinq qui fussent pleins, les autres n'étaient remplis qu'à moitié.

Le voisin les laissa quelque temps dans le lieu du dépôt ; mais l'huile ayant renchéri tout à-coup, il vint chez le jouvenceau demander la clef, suivi de quelques personnes qu'il donna comme marchands, et qui n'étaient que des fripons payés pour lui servir de témoins. Sous prétexte de faire goûter son huile, il débonda les barils, et en trouva, comme il s'y attendait bien, cinq à moitié vides. Alors il affecta la plus grande colère ; il accusa de larcin et d'infidélité le dépositaire, et le traîna aussitôt devant les juges. Le jeune homme se trouva tellement confondu de l'aventure qu'il ne put rien répondre. Seulement il demanda terme jusqu'au lendemain ; mais son danger, pour être différé, n'en était pas moins grand.

Il y avait dans la ville un fameux philosophe, homme de bien, qui vivait selon Dieu et qui employait ses talents à secourir les malheureux : aussi l'appelait-on leur père. L'accusé alla lui conter son malheur et implorer son secours. « Tranquillisez-vous, répondit le prud'homme : demain je me rendrai au plaid, et j'espère montrer clairement aux juges lequel de vous deux est l'innocent ou le coupable. »

Il tint parole comme il l'avait promis, et se rendit à l'audience. Les juges, dès qu'il parut, le reçurent avec distinction et lui donnèrent près d'eux une place honorable. D'abord l'appelant exposa ses raisons. On interrogea ensuite le défendeur sur ses moyens de défense ; et avant de prononcer, on demanda au philosophe quel était son avis. « Messieurs, dit le prud'homme, je crois avoir trouvé un moyen sûr de découvrir ici la vérité. Ordonnez qu'on soutire les cinq barils pleins : il restera dans chacun une certaine quantité de lie, qu'on la mesure. Que la même chose se fasse pour les cinq demi-vides. S'ils contiennent autant de lie que les premiers, ils ont eu autant d'huile, et par conséquent le dépositaire a été infidèle ; mais s'ils en contiennent moins, il est clair alors qu'ils ont été moins pleins, et que l'accusateur étant de mauvaise foi doit être puni. »

Le raisonnement parut juste. On fit l'expérience, et la vérité fut ainsi découverte. Mais quand le jeune homme sortit du plaid, le philosophe l'arrêtant : « Mon fils, lui dit-il, bien à plaindre est celui qui a mauvais voisin. Je connais le vôtre depuis longtemps, c'est un méchant homme. Éloignez-vous de lui, croyez-moi ; vendez votre maison : tôt ou tard il vous ferait tomber dans ses pièges ». Le jouvenceau le crut, et il alla s'établir ailleurs où il vécut heureux.

De l'enfant qui fondit au soleil

Jadis fut un marchand actif et laborieux qui, lorsqu'il s'agissait de gagner, n'épargnait ni soins ni peines. Aussi le voyait-on toujours par voie et par chemin, courant et cherchant des contrées où il pût vendre avec plus d'avantage ses marchandises, et par là augmenter son avoir. Or, pendant un de ces voyages, qui dura près de deux ans, il arriva que sa femme s'amouracha d'un jeune bachelier. Amour qui ne peut longtemps se contenir mit bientôt nos deux amants d'accord ; mais ils eurent la maladresse d'en fournir la preuve, et au bout de neuf mois la marchande qui n'avait point d'enfants se trouva en avoir un.

Le mari, à son retour, fut fort étonné de rencontrer chez lui ce poupon qu'à son départ il n'avait point vu. Il demanda l'explication de cette énigme. « Sire, répondit la femme, j'étais un jour appuyée là-haut sur la fenêtre, bien triste et bien désolée d'une si longue absence de votre part. Nous étions en hiver et il neigeait. Comme je regardais le ciel en sanglotant, et sans me douter de rien, un flocon de neige m'entra par hasard dans la bouche, et je me suis trouvée tout-à-coup enceinte de ce bel enfant que vous voyez. » Le marchand ne témoigna pas la moindre humeur. « Que Dieu soit loué, répondit-il. Je désirais un fils qui pût hériter de nous, il vient de m'en envoyer un ; je le remercie de sa bonté, et me voilà content. » Il affecta de l'être réellement, ne fit jamais le plus petit reproche à sa femme, et vécut avec elle tout comme auparavant ; mais il dissimulait, et intérieurement se promettait bien de se venger un jour.

Cependant l'enfant crût et grandit. Déjà il avait quinze ans, quand le marchand qui, dans son âme, s'occupait toujours de son projet de vengeance, songea sérieusement enfin à l'exécuter. « Dame, dit-il un jour à son épouse, ne vous affligez pas si je vais encore vous quitter, mais il faut que je parte demain. Faites mes malles et celles de votre fils, je veux l'emmener avec moi et le dresser à notre commerce tandis qu'il est jeune ; car, voyez-vous, quelque avisé que soit un homme, jamais il ne réussira dans son métier s'il ne s'y est appliqué de jeunesse.

— Hélas ! répartit la mère, j'ai beaucoup de chagrin de le voir partir, et je voudrais bien que ce ne fût pas encore de sitôt ; mais puisque vous le voulez, et que c'est son avantage, à la bonne heure. Que Dieu vous conduise et qu'il vous ramène tous deux en santé. » La chose arrangée ainsi, le marchand partit le lendemain de bon matin, et il emmena l'enfant de neige.

Je ne vous ferai pas le détail de son voyage ni celui des lieux par où il passa. Tant y a qu'arrivé à Gênes, il trouva là un marchand sarrasin qui retournait à Alexandrie, et auquel il vendit le jeune homme en qualité d'esclave. Pour lui, il finit ses affaires à son aise et s'en revint ensuite.

Non, cent poètes ensemble ne suffiraient pas pour vous peindre le désespoir de la mère, lorsqu'elle vit notre voyageur arriver seul. Elle s'arracha les cheveux, elle se pâma. Enfin, quand la connaissance lui fut revenue, elle pria et conjura pour Dieu son mari de lui dire sans détour ce qu'était devenu son fils. L'époux s'attendait à tout cet éclat. Ainsi il ne fut pas embarrassé pour répondre. « Femme, dit-il, on n'est pas venu à mon âge sans avoir vu bien des choses sur lesquelles il faut, malgré soi, savoir prendre son parti, car de s'en affliger qu'y gagne-t-on ? Écoutez un malheur qui m'est arrivé dans le pays d'où je viens. Nous montions, votre fils et moi, certain jour qu'il faisait horriblement chaud, une montagne fort haute et fort roide. Il était midi, le soleil donnait à plomb sur nous et brûlait comme du feu. Que vous dirai-je ? Je vis avec surprise l'enfant couler tout-à-coup et fondre sous mes yeux au soleil. En vain je voulus le secourir, il n'y avait point de reste source. Ne m'avez-vous pas dit vous-même qu'il était de neige ? »

La dame ne sentit que trop bien la portée de ce discours. Elle n'osa souffler, et but patiemment ce qu'elle avait brassé.

Les deux parasites

Ce conte n'est qu'une assez mauvaise plaisanterie de deux gens assis à la table d'un roi, un jour de cour plénière. L'un ramasse tous les os que l'autre a laissés sur son assiette, il y joint ceux que lui-même a gardés sur la sienne, et montrant ce tas au prince :
« Sire, dit-il, voici ce qu'a bien voulu respecter l'appétit de mon voisin.
— Il est vrai, sire, répond l'autre ; mais au moins j'ai laissé les os, et lui, comme les chiens, en va faire son profit. »

Le pauvre mercier

Toujours occupé, comme les jolis conteurs, à m'informer des aventures plaisantes qui arrivent, pour vous en réjouir ensuite, je vais vous en dire une toute nouvelle. Écoutez-moi attentivement ; vous le devez. Nous autres fabliers, outre le plaisir dont nous sommes les dispensateurs, nous procurons encore plus d'un bien dont on ne se doute guère. Que de querelles, par exemple, n'arrêtent pas nos historiettes ? Car vous l'avouerez, quand nous avons fait rire, adieu la colère : on n'est plus tenté d'avoir ni haine ni rancune.

Un riche baron, possesseur de grandes terres, y avait établi une telle police que les fripons et les voleurs n'osaient y paraître. Ce n'était pas un homme comme beaucoup d'autres à les faire contribuer ou à recevoir d'eux des rançons. Chez lui point de miséricorde : autant de pris, autant de pendus.

Un jour il fit annoncer une foire nouvelle dans sa terre. Aussitôt plusieurs gros forains s'y rendirent avec des charrettes chargées de marchandises, et dans ce nombre on vit arriver humblement un petit mercier, dont la mince pacotille était portée par un roussin. Quand il fut question d'étaler, celui-ci se trouva embarrassé de son cheval : le mener à l'hôtellerie, ses facultés ne le lui permettaient pas. D'un autre côté, le laisser paître clans la prairie, c'était risquer de le perdre. Un marchand qui se trouvait auprès de lui et qu'il consulta lui fournit un expédient. « Faites comme moi, lui dit le marchand, allez mettre votre bête sous la sauve-garde du seigneur, et après cela dormez tranquille. Nulle part sur la terre vous ne trouverez justice et sûreté comme chez lui. Si quelqu'un était assez hardi pour voler le cheval, il serait pendu ; mais en tout cas, soyez sûr qu'on vous le paierait. »

Le mercier trouva cette assurance extrêmement consolante. Il alla conduire son roussin dans la prairie ; mais, soit qu'il eût mal entendu ce qu'on lui avait dit, car c'était un homme assez simple, soit qu'il crût apparemment que deux protecteurs valaient mieux qu'un, il se mit à marmotter quelques prières en latin et en romane (en français), pour recommander son cheval à Dieu et au baron, et leur demanda qu'ils ne le laissassent pas sortir du pré.

Il n'eut point à se plaindre de Dieu, et le roussin en effet ne sortit pas, car dans la nuit une louve affamée vint l'étrangler et le dévora si proprement, que le lendemain, quand le mercier retourna pour le reprendre, il n'en trouva plus que les os. Cet accident le ruinait. Hors d'état désormais de pouvoir suivre les foires, il se voyait réduit à mendier son pain ; et dans son désespoir, il envia cent fois le sort des brigands que le baron avait fait pendre. Enfin, se rappelant ce que le marchand lui avait dit de ce seigneur, il voulut aller lui exposer son infortune et tâcher d'émouvoir sa compassion.

Il se présenta donc chez lui tout en larmes. « Sire, dit-il, que Dieu vous accorde plus de bonheur qu'à moi. » Le baron fut touché de sa douleur :
« Ami, lui répondit-il du ton le plus affable, puisque vous n'êtes pas heureux, je souhaite que vous le deveniez. Mais qu'avez-vous à pleurer ?
— Ah ! sire, j'avais un cheval qui faisait tout mon bien. On m'a dit, en arrivant ici, que si je vous le recommandais je n'aurais plus rien à craindre, et que vous me dédommageriez de sa perte. Je l'ai mis dans votre pré, sons la garde de Dieu et la vôtre, et le loup me l'a mangé. Beau sire, je suis sans ressource, si vous n'avez pitié de moi.
— Bon, bon, ce n'est là qu'un petit malheur, reprit en riant le baron ; il ne faut pas pleurer pour si peu, mon bon homme. De quel prix était votre cheval ?
— Sur ma part de paradis, sire, et sur la foi que vous devez à votre mie, il valait soixante sous.
— Eh bien ! en voilà trente. Si vous vous étiez mis sous ma seule garde, je me serais cru obligé de payer la somme entière ; mais comme vous avez réclamé aussi celle de Dieu, il est juste qu'il entre pour sa moitié dans les dédommagements, et je vous conseille d'aller sans délai la lui demander. »

Le petit mercier ne trouva la réflexion que trop juste, et il se fit alors bien des reproches d'avoir mis son roussin sous une autre protection que celle du baron. Les trente sous cependant le consolèrent un peu. Il alla donc reprendre sa balle qu'il chargea sur ses épaules et se mit en route, mais toujours maugréant contre Dieu, et regrettant bien de ne pouvoir lui demander raison.

Comme il s'occupait de ces pensées, il vit venir à sa rencontre un moine noir, monté sur un bon cheval. Il alla droit à lui, l'arrêta et lui demanda à qui il appartenait :
« Je sers Dieu, répondit l'homme au capuchon.
— Beau frère, soyez le bien venu. Eh bien ! puisque vous servez Dieu, je vous apprends, moi, que votre maître m'a fait tort de trente sous, et qu'il faut que vous ayez la bonté de me les payer pour lui, et sur l'heure. »
En disant cela, il le saisit par sa chape et la lui arracha. Le moine, qui ne se sentait pas le plus fort, cria beaucoup à l'injustice ; et, vu que par son état, disait-il, il lui était défendu de se battre, il proposa d'aller se présenter au seigneur du lieu et de s'en rapporter à son jugement. Le mercier y consentit : ils se rendirent au château.

« Sire, dit le tondu, je viens me plaindre à vous d'un délit commis sur votre terre, et vous demander justice de ce coquin. Non seulement il a osé porter la main sur un prêtre, mais, sous je ne sais quel prétexte que Dieu lui doit trente sous, il les a exigés de moi, et s'est emparé de notre manteau. Ordonnez qu'il le rende et qu'il soit puni de son crime.
— Sire, répartit le mercier, cet homme, tout prêtre qu'il se dit, est un traître et un menteur. Il vous demande ici de me faire punir, et tout à l'heure, sur le grand chemin, il ne voulait venir à vous que pour vous supplier d'être notre juge. »

Ce dernier mot choqua le moine ; il prétendit n'avoir d'autre juge que Dieu même. « Puisque c'est lui qui est votre juge, reprit le baron en riant, allez donc lui présenter votre requête, j'aurais tort de m'en mêler. En attendant néanmoins, je vous conseille de payer cet homme, qui paraît avoir deux poings vigoureux, sauf à vous ensuite d'avoir recours pour vos avances sur les biens de votre maître. »

Dom moine n'osa se plaindre, et il paya les trente sous au mercier.

J'ignore si Dieu l'en dédommagea, et au reste je m'en soucie très peu ; mais ce que je désire fort, c'est que Dieu comble de ses biens tous ceux qui ont écouté cette histoire et celui qui la raconte. Et toi, l'ami, verse moi rasade.

Du curé qui eut une mère malgré lui

Messieurs, l'aventure que je vais vous conter à vous et à vos amis est toute nouvelle. Elle est arrivée à un curé que je connais.

Il avait à la fois chez lui sa mère qui était vieille et bossue, et une mie qui était jeune et jolie. Or, je n'ai pas besoin de vous dire que ces deux femmes, ne rendant pas tout à fait les mêmes services, étaient vues aussi d'un œil un peu différent. Bonne cotte, bon manteau, ceinture d'argent, pelissons[39] doublés d'écureuil et d'agneau, rien ne manquait à la belle, et Dieu sait comme les voisins jasaient.

La mère, au contraire, était obligée de se passer de tout. Il est vrai que son fils partageait avec elle le pain, les pois et le potage qu'il mangeait ; mais quand il s'agissait de surcot, de péliçon, d'ajustements, choses dont la vieille eût été aussi curieuse que la jeune personne, elle avait beau demander, il refusait toujours. Naturellement hargneuse et contrariante, elle le tracassait sans cesse : du matin au soir c'étaient des reproches. Lui, de son côté, se plaignait de sa mauvaise langue qui allait le décrier dans le voisinage et qui le forçait de ne plus voir personne. Enfin les querelles devinrent si vives qu'un beau jour, dans un moment d'humeur, il lui annonça qu'il fallait se séparer et qu'elle n'avait qu'à prendre son parti. D'abord elle refusa de sortir ; et, dans l'espoir sans doute de l'intimider, elle le menaça d'aller dénoncer à l'évêque sa coquine et de révéler toute leur vie secrète. « Eh bien ! partez, répartit le fils en colère, et n'oubliez rien de ce que vous avez vu, car jamais vous n'en verrez davantage. »

Elle sortit comme une forcenée, alla se jeter aux pieds de l'évêque et lui demanda vengeance d'un enfant dénaturé qui, après l'avoir traitée longtemps d'une manière indigne, venait pour finir de la chasser pour complaire à une malheureuse.

---

39 Pélisson ou péliçon : Vêtement de dessous, porté par les hommes et les femmes, fait d'une pelleterie cousue entre deux tissus, en sorte que la fourrure n'apparaît que sur les bords.

Le prélat promit de lui faire justice. Il devait, à quelques jours de là, tenir les plaids. Dans l'instant il envoya signifier au fils coupable l'ordre de s'y trouver ; il recommanda la même chose à la vieille, et elle n'y manqua pas.

Déjà il y avait dans la salle, quand elle y parut, plus de deux cents prêtres, beaucoup de clercs et des gens de tout état. Elle perça la foule et alla rappeler à l'évêque le sujet qui l'amenait à sa cour. Il lui dit de ne pas s'éloigner et d'attendre que son fils vînt, assurant que son intention était de le suspendre et de lui ôter son bénéfice. À ce mot de suspendre, dont elle ne connaissait point la signification, la bonne femme se troubla. Elle crut qu'on voulait faire pendre son fils, et ses entrailles maternelles se soulevant alors en faveur de l'ingrat qu'elle avait porté dans son sein et nourri de son lait, elle se repentit d'avoir écouté sa colère. Si par sa retraite elle avait pu arrêter les suites de cette affaire, elle l'eût fait sans hésiter, mais il était trop tard, son fils avait été mandé, il n'en eût pas moins été puni.

Il lui vint dans l'esprit un expédient : c'était de jeter la faute sur le premier prêtre qui entrerait, et de se dire sa mère. Effectivement, un chapelain au teint vermeil, au double menton, au ventre arrondi, étant survenu dans le moment : « Sire, sire ! s'écria la vieille, voici mon fils. » L'évêque le fit approcher. Du ton le plus sévère il lui reprocha son ingratitude envers une mère qu'il laissait manquer de tout, tandis qu'il couvrait de fourrures de gris et de vair une prostituée, et lui demanda si c'était au scandale et à la débauche qu'il destinait les biens que lui confiait l'église. Le chapelain étonné répondit qu'il savait assez bien ses devoirs pour ne jamais donner lieu à de pareilles plaintes de la part de sa mère, s'il en avait une ; mais il protesta que la sienne était morte depuis longtemps, et que, quant à cette femme, non seulement il ne la connaissait pas, mais qu'il ne se rappelait pas même l'avoir jamais vue. « Comment, malheureux ! ce n'est pas assez de la maltraiter, vous osez encore la renier ! et devant moi ! Sortez d'ici, je vous suspends de toutes fonctions. »

À cette sentence, le chapelain éperdu demanda grâce et promit de faire tout ce qu'on exigerait de lui. « Je veux bien vous pardonner, reprit le prélat, mais à condition que vous remmènerez votre mère chez vous, que vous aurez pour elle les égards et les soins qu'elle mérite, que vous l'habillerez avec décence, et que jamais enfin je n'entendrai ni de sa bouche ni même d'une bouche étrangère, le moindre reproche sur votre conduite envers elle. » L'autre se retira fort honteux. Il fit monter la vieille sur son cheval et revint chez lui, la tenant tristement dans ses bras.

À peine avaient-ils fait une lieue qu'ils rencontrèrent sur la route le fils qui se rendait aux plaids. Le chapelain le salua et lui demanda où il allait ainsi. « Je suis mandé à la cour de l'évêque, répondit celui-ci, et vais voir ce qu'il me veut.
— Je vous souhaite une aussi bonne journée que la mienne, reprit le premier. Il m'avait mandé comme vous, je ne savais trop pourquoi, c'était pour me donner une mère, et me voilà chargé de nourrir cette vieille. »

Le fils rit beaucoup de l'aventure, d'autant plus qu'il venait de reconnaître sa mère, qui lui faisait signe de se taire et de ne point se déceler. « S'il vous a donné une mère, à vous qui étiez des premiers, continua le fils, j'ai grand peur vraiment qu'il ne m'en donne deux, à moi qui viens ensuite. Beau confrère, écoutez. Supposé qu'il se trouvât quelqu'un d'humeur à se charger de la vôtre et à vous en débarrasser, dites-moi, que lui donneriez-vous ?
— Par ma foi, puisqu'il faut vous parler net, je ne serais pas dans ce cas un homme à chicaner sur le prix ; et s'il se rencontrait marchand de bonne volonté, clerc ou villain, n'importe, qui m'en délivrât, je donnerais bien jusqu'à quarante livres.
— Touchez là, beau frère, je suis votre homme et prends le marché, si la bonne y consent. »

Celle-ci ne demandait pas mieux. On se rendit chez le chapelain, qui compta les deniers et donna caution pour l'avenir. Il paya fort exactement chaque année. La vieille, par ce moyen, cessa d'être à charge à son fils, et ils vécurent ensemble de bonne amitié.

Du marchand qui alla voir son frère *(extrait)*

Un roi libéral et magnifique, mais plus que ne le comportait le rapport de sa terre, avait choisi pour son bailli un homme sage et prudent, auquel il avait confié non seulement la perception de ses revenus et l'administration de sa justice, mais encore le gouvernement de toute sa maison. Celui-ci avait un frère marchand, bourgeois de sa ville et fort à son aise. La renommée ayant appris au marchand la fortune du bailli, il se proposa de l'aller voir. L'autre le reçut en vrai frère, lui témoigna toute la tendresse possible, et parla même de lui au monarque, qui, par amitié pour son officier, voulut faire éprouver à l'étranger ses bienfaits. « S'il veut comme vous se fixer chez moi, dit le prince, associez-le à tous vos emplois, je vous le permets. S'il préfère des maisons et des terres, je lui en offre que j'aurai soin d'affranchir de toutes charges, redevances et droits coutumiers ; enfin, s'il est déterminé à retourner clans sa patrie, donnez-lui en mon nom de l'or, de l'argent, des étoffes et des chevaux. »

Le bailli étant venu faire part de ces propositions à son frère, le marchand, avant de se déterminer, voulut savoir quels étaient et les revenus et la dépense du roi. On lui dit que la recette égalait la dépense.
« Mais puisqu'en temps de paix il consomme tous ses revenus, ajouta le bourgeois, que fera-t-il donc s'il lui survient une guerre ?
— Dans ce cas, il aurait recours aux impositions ; nous contribuerions tous.
— J'entends ; mes voisins seraient taxés. À raison du voisinage, il faudrait bien que je le fusse aussi, et alors adieu pour toujours les exemptions et les franchises. Frère, remerciez-le de ses présents, puisqu'on n'est pas en sûreté ici plus qu'ailleurs, autant vaut rester dans le nid où je suis né. » Il prit congé de son frère et s'en retourna.

Du curé et des deux ribauds

J'ai connu deux ménétriers qui étaient les plus déterminés ribauds que jamais on ait vus. L'un ne gagnait pas une obole qu'il ne la risquât sur un tablier ; l'autre y serait venu apporter, je crois, le seul pain qu'il aurait eu à manger pour toute sa semaine ; en un mot, c'était chez eux une telle rage, que si en plein hiver ils eussent rencontré quelqu'un sur le grand chemin, Français ou Allemand, n'importe, ils l'eussent arrêté pour le faire jouer. À ce goût pour les dés, ils joignaient encore l'adresse de les manier, mais ils n'en étaient pas plus riches ; et en les voyant, sous leurs haillons déchirés, montrer aux passants les coudes et les fesses, on se disait à soi-même : « Voilà de quoi faire deux beaux soudoyés pour le service de notre prince. » Tels étaient en somme nos deux escrocs. Si vous voulez maintenant savoir leurs noms, je vous dirai que l'un s'appelait Thibaut et l'autre Rénier[40].

Un certain jour qu'ils se rendaient ensemble à je ne sais quelle ville pour y faire quelque dupe, ils virent venir à eux, sur un bon cheval bai, un chapelain qui avait l'air joyeux et content. Mes deux gens aussitôt de l'accoster et de lui proposer une partie. Vous savez que c'était là tout ce qui les occupait.
« Certes, l'offre est séduisante, répondit d'un ton de mépris le chapelain. Eh quoi diable jouerais-je, s'il vous plaît ? Je gage qu'entre vous deux vous ne feriez seulement pas dix tournois[41].
— Sire, sire ! reprit Thibaut, il ne faut pas toujours juger les gens d'après leur habit. »

En disant cela, il montra sa chemise qu'il avait tortillée en forme de ceinture autour de ses reins, et qui paraissait réellement contenir beaucoup d'argent, mais ce n'était que du sable. Tout au plus y avait-il au premier nœud, pour en imposer, quelque petite monnaie. Le prêtre s'y laissa prendre. Trompé par cet appât, il accepta la partie et descendit de cheval. On se mit sur l'herbe. Thibaut, dénouant sa chemise, en tira cinq artésiens, deux cambrésiens et deux tour-

---

40 Et, comme tout le monde sait, à Rénier du matin, chagrin (NdE).
41 Livres, ou plutôt sols, au cas d'espèce.

nois[42]. Le chapelain convoitait des yeux ce prétendu trésor : c'était tout ce que la chemise contenait.

Ici sont tous les détails du jeu, que je n'ai pas compris davantage que ceux du fabliau de Saint Pierre et du Jongleur. Le curé perd successivement tout son avoir. Alors soupçonnant, mais trop tard, qu'il a affaire à des fripons, il les accuse de se servir de dés pipés. On lui en donne d'autres qui le sont aussi, et avec lesquels il perd son cheval qu'on a apprécié cent sous. Mais, dans sa colère, il refuse de le leur livrer, les traite d'escrocs et court à sa monture pour s'en saisir et se sauver. Tout ce qu'il y gagne, c'est d'être bien battu. Les deux ribauds se disputent ensuite à qui des deux montera le cheval. Des injures ils en viennent aux coups. Enfin Thibaut, s'étant trouvé le plus fort, s'en empare. Je ne fais qu'indiquer légèrement ces détails, les mêmes, à peu de chose près, que ceux de Saint Pierre et du Jongleur.

Thibaut vainqueur se mit en selle ; et à son air triomphant, vous eussiez dit un chevalier qui vient de remporter le prix d'un tournoi. C'était pourtant le premier cheval qu'il montait de sa vie. Pour le faire partir, il commence par lui allonger, de toute sa force, sept à huit coups de talon dans le ventre. Le roussin à l'instant prend le galop, et voilà mon villain qui, se sentant sauter sur la selle, s'effraie, crie au secours, perd l'équilibre et tombe à vingt pas de là sur le dos, les jambes en l'air. Le hasard fit que dans sa chute il entraîna la bride qu'il tenait à plein poing : elle sortit de la bouche du cheval, et ce mouvement avait suffi pour l'arrêter et donner à Renier le temps d'accourir. « Au diable soit la rosse qui ne peut pas marcher comme

---

42 Un grand nombre de seigneurs, d'évêques et d'abbés jouissaient en France, soit par concession du prince, soit par usurpation, du privilège de battre monnaie. On en comptait encore plus de quatre-vingts vers le milieu du treizième siècle. Les espèces frappées en leur nom étaient les seules qu'ils laissassent circuler dans leurs domaines, et quelques-uns même en excluaient celles du roi. Il existe une lettre de Philippe-Auguste à l'abbé de Corbie, par laquelle le monarque lui demande de donner cours dans ses terres à la monnaie de Paris. La plupart des ordonnances de nos rois, adressées aux baillis, leur enjoignent de faciliter, autant qu'il leur sera possible, cette circulation des monnaies royales.

une autre, dit Thibaut ; tiens, je te l'abandonne. » Rénier, avant de monter, voulut remettre la bride, mais il n'était pas meilleur cavalier que son camarade, et ne savait par où s'y prendre ; tous deux l'essayèrent en vain l'un après l'autre. Ils la tournèrent et retournèrent cent fois dans tous les sens, et ne purent jamais en venir à bout. Enfin Thibaut jugea qu'au lieu de se tourmenter inutilement, il était bien plus court de faire venir le chapelain, et il alla le chercher.

Le prêtre était encore à la même place, tout occupé de sa triste aventure. La proposition qu'on lui fit de venir brider son cheval n'était pas faite pour lui plaire. Il la rejeta fort brusquement ; mais quelques coups de poing bien appliqués qu'y ajouta Thibaut l'eurent bientôt adouci si efficacement, qu'il suivit sans souffler. En marchant néanmoins il s'avisa d'un moyen pour attraper les deux filous. « Messieurs, leur dit-il, je vous préviens que ma bête est capricieuse, et que jamais elle ne se laissera brider, à moins que vous ne montiez dessus. » Il s'attendait bien qu'on allait lui dire d'y monter lui-même, et c'est ce qui arriva. Il monta, passa lestement la bride, et piquant des deux : « J'avais oublié, ajouta-t-il, de vous parler d'un autre caprice qu'a encore mon cheval, c'est de ne point aimer les fripons. » En disant cela, il disparut ; et nous devons en conclure qu'il est utile quelquefois d'avoir dans l'esprit un peu de ruse et d'adresse.

Du prud'homme qui renvoya sa femme

Un prud'homme venait de se marier. C'était par inclination ; de sorte qu'extrêmement amoureux de sa femme, il eut pour elle dans les commencements toutes les complaisances et prévenances possibles, endurant ses caprices, et ne voulant jamais la contredire en rien. La donzelle en abusa. Elle profita de la faiblesse de son mari pour le dominer, se fit maîtresse absolue, ordonna de tout et finit par lui donner des croquignoles[43].

Il prit comme il put, pendant un an, son mal en patience ; mais au bout de ce temps, il manda les parents de sa femme, et leur dit : « Voici votre fille que vous avez eu la bonté de m'accorder. Je crois que jusqu'à ce jour elle n'a point eu à se plaindre de moi, et j'en atteste ici devant vous son propre témoignage. » L'épouse interrogée et qui ne devinait pas où tendait ce discours, rendit justice à la vérité, et se loua beaucoup de son mari. « Je n'en dis pas autant, ajouta-t-il ; il y a un an que je l'ai, et un an que je souffre. J'ai eu la sottise, dans les premiers temps, de lui laisser prendre l'empire, parce que je l'aimais : il est trop tard à présent pour y revenir, et je ne veux plus être malheureux. La voici, je vous la rends ; vous pouvez l'emmener avec vous. Malheur à tout mari qui, dès le premier jour, ne saura pas se rendre maître absolu chez lui. »

---

43 Chiquenaude donnée sur la tête ou sur le nez.

De la dame qui fut corrigée

Vous qui avez des femmes et qui les laissez devenir maîtresses et prendre trop d'empire, écoutez l'histoire que je vais vous raconter. Elle vous apprendra à réprimer de bonne heure leurs caprices, et à les corriger quand elles sortiront du respect et de la soumission qu'elles vous doivent. Écoutez-moi surtout, vous qui déshonorez votre sexe en vous laissant maîtriser par elles.

Jadis vivait dans son château, avec sa femme et une fille qu'il avait eue de son mariage, un riche seigneur, brave chevalier et honnête homme, plein de mérite et de bonnes qualités. Mais malheureusement quand il avait épousé sa femme il en était si amoureux, il avait eu pour elle dans les commencements tant de soumission et de déférence, qu'à la fin, dominé par habitude, il ne pouvait ni parler sans se voir contredire, ni rien faire sans être contrecarré.

La fille était un prodige de beauté. On ne parlait que d'elle dans tout le pays à la ronde ; et l'on en parla tant qu'un jeune comte, très puissant et d'une haute naissance, mais estimable par beaucoup de sens et de raison, qui valent mieux que richesse, surpris de tant d'éloges, se proposa de voir la pucelle et de vérifier si elle les méritait.

Le hasard lui procura cette connaissance, et voici comment.

Il était sorti avec une grande suite pour chasser ; déjà le soleil baissait, et l'on était après none. Tout-à-coup le ciel se couvre, le tonnerre commence à gronder, et un orage si violent s'annonce, que la plupart des gens du comte se dispersent, et que lui-même, désespérant de pouvoir regagner sa cité, ne songe, avec quelques-uns de ceux qui étaient restés près de lui, qu'à chercher au plus tôt un abri. Un chemin creux que lui offre sa bonne fortune le conduit à un verger, d'où il aperçoit un château bien bâti qu'il gagne au grand galop.

Le seigneur était sur son perron. Dès qu'il voit les chevaliers, il va poliment au-devant d'eux et les salue : c'était le père de la belle dont je vous ai parlé. Le comte l'ayant prié de vouloir bien pour un instant lui donner asile :

« Hélas ! sire, répondit-il d'un air humilié, je me ferais dans tous les temps, et dans ce moment-ci particulièrement, le plus grand plaisir de recevoir un homme comme vous, mais je n'ose le prendre sur moi.
— Vous ne l'osez ! et peut-on savoir, sire, ce qui vous en empêche ?
— Je ne suis pas le maître ici, puisqu'il faut vous l'avouer : c'est ma femme qui règle et qui ordonne tout, et il suffirait que je vous eusse prié d'entrer, pour qu'elle vous fermât la porte.
— Comment ! morbleu ! vous avez barbe au menton, reprit le comte, et vous n'êtes pas le maître chez vous !
— Il est trop tard à présent pour tenter de le devenir. Je me suis laissé dominer d'abord ; l'habitude d'obéir est prise, en voilà pour la vie. Mais je puis jouir de la satisfaction de vous voir, si vous daignez (et je vous en supplie) seconder une ruse innocente. Je vais entrer chez ma femme, suivez-moi ; vous me demanderez asile, je vous le refuserai, et c'en sera assez pour qu'elle vous fasse l'accueil que vous méritez. »

Le comte ne put s'empêcher de rire de cette naïve proposition. Il suivit cependant le conseil du châtelain, et les choses se passèrent comme on l'en avait prévenu. Le mari n'eut pas plus tôt refusé que la dame, lui imposant silence d'un ton de mépris, alla au-devant du comte, et le pria d'entrer avec tout son monde. L'époux, qui voulait recevoir avec distinction l'étranger, et qui n'avait pour cela d'autre ressource que de continuer son premier stratagème, pria, d'un air de mécontentement, sa femme de n'aller pas au moins prodiguer à un inconnu son bon vin, ni sa volaille, ni le poisson de son vivier, ni le gibier de son parc.

« Surtout que notre fille, ajouta-t-il, ne paraisse point ici. Belle comme elle est, il ne serait pas sage de l'exposer aux regards de ce jeune homme ; qu'elle reste dans sa chambre et mange avec les pucelles (femmes de chambre).
— Taisez-vous, répondit la femme, vous êtes un sot. Ce jeune homme mangera avec ma fille, et on lui servira tout ce qu'il y a ici de meilleur, parce que je le prétends. » En conséquence elle donna

ordre qu'on chassât, qu'on pêchât, et fit dire à sa fille de s'habiller promptement et de descendre.

Peu de temps après parut la jeune personne, avec un éclat et une majesté qui interdirent le comte. Il la prit par la main et la fit asseoir à ses côtés. À table, il se mit auprès d'elle ; et, quoique le repas fût excellent et qu'il eût grand-faim, il s'occupa bien moins du plaisir de manger que de celui de la voir. Enfin amour l'enflamma tellement qu'il résolut de l'épouser, et qu'après le souper, quand on eut ri quelque temps et que le fruit fut servi, il la demanda aux parents.

Le père, enchanté de cette proposition, se hâta bien vite, pour la faire agréer à sa femme, de prendre la parole et de refuser son consentement. Il répondit modestement que sa fille, malgré quelque fortune et de la naissance, n'était point faite pour un époux d'un rang si distingué. « Sire comte, reprit la femme, ne faites point d'attention aux discours de ce nigaud qui n'ouvre la bouche que pour dire une sottise. Je vous donne ma fille, moi, et vous l'épouserez quand il vous plaira. » En même temps elle offrit pour dot de l'or et de l'argent, avec des étoffes et différents joyaux ou vases précieux qu'elle avait dans ses coffres. Le comte la remercia, se prétendant trop heureux de trouver tant de beauté, et il ne voulut rien recevoir. « Qui peut rencontrer une bonne femme est très riche, dit-il, et pauvre est le riche qui la prend mauvaise. » Il demanda seulement que la cérémonie fût fixée au lendemain matin, et passa la nuit occupé tantôt de son aventure et de son amour, tantôt de l'humeur impérieuse de cette mère et de la conduite qu'il devait tenir, si la fille, ce qui était probable, lui ressemblait.

Le lendemain il épousa la demoiselle ; et, dans le dessein où il était de l'emmener avec lui, il alla ensuite donner des ordres pour son départ. Le père profita de ce moment d'absence pour féliciter sa fille sur son bonheur. Il l'exhorta surtout à s'en rendre digne par une douceur et une complaisance sans bornes envers son mari. Mais la mère la tirant à part : « Ma fille, lui dit-elle, je n'ai plus qu'une leçon à te donner. Tu as un mari amoureux, pour une femme c'est une fortune. Veux-tu être heureuse ? tâche de le dominer dans ces premiers moments, en voilà pour la vie. Essaie ensuite de le contredire en quelque chose, accoutume-le à t'obéir, prends le ton qui ordonne : en un mot, tu vois ce que je suis, fais comme moi. » La fille le promit, et il y avait déjà longtemps qu'elle se l'était proposé ; mais le comte, de son côté, venait de se proposer aussi d'y mettre bon ordre.

Lorsqu'il fut rentré, on lui parla encore de la dot. Sur son nouveau refus, on le pria d'accepter au moins deux chiens dressés et un beau cheval qu'on lui amena. Il les reçut par reconnaissance, comme un présent de l'amitié, et partit avec son épouse et tout son monde, monté sur le cheval qu'il venait de recevoir, et suivi des deux chiens qu'on menait en laisse.

À une lieue de là environ, un lièvre part sous ses yeux : aussitôt il fait lâcher les chiens et leur crie : "apporte". Les chiens s'élancent, mais l'instant d'après il les voit revenir sans lièvre. Alors il descend de cheval, et sans dire mot leur abat la tête à tous les deux. Pendant ce temps son cheval, qui se sent libre, veut s'échapper ; il lui crie : "arrête" ; l'animal fuit toujours ; on court après, on le ramène, et le comte, sans parler plus que la première fois, lui tranche le cou comme aux chiens et remonte sur un autre.

Si la dame fut choquée de ce procédé, je vous le laisse à penser. Elle murmura tout haut ; et, d'un ton fort aigre, représenta au comte que, s'il n'avait point daigné épargner ces animaux par égard pour elle, il le devait au moins par respect pour les personnes dont ils étaient un don. À ces reproches l'époux se contenta de répondre froidement : « Madame, quand j'ordonne, je veux être obéi » ; puis il continua sa route.

Son absence avait jeté l'alarme au château. Ses barons et ses vavasseurs[44] s'y étaient rendus pour savoir de ses nouvelles et l'attendre, et déjà ils commençaient à s'inquiéter. Dès qu'on le vit arriver, tous allèrent à sa rencontre jusqu'au pont-levis, et ils lui demandèrent quelle était cette belle dame qu'il amenait. « C'est ma femme que je viens d'épouser, répondit-il, je vous prie d'assister

---

44 Vassal d'un seigneur lui-même vassal ; homme pourvu d'un arrière-fief ; petit vassal en général.

aux noces que je vais faire. » Ils le félicitèrent d'avoir si bien choisi, et saluèrent respectueusement la dame.

Entré chez lui, le comte fit venir son maître-queux, auquel il ordonna un repas splendide, avec différentes sauces recherchées dont ils convinrent ensemble. Mais la comtesse qui voulait absolument essayer son pouvoir et qui en épiait l'occasion, ayant appelé le queux quand il sortit, pour savoir de lui quels ordres il venait de recevoir, elle lui en donna d'autres entièrement contraires, et commanda d'accommoder tout à l'ail.

« Madame, je n'oserais, répondit le serviteur ; j'ai trop peur de déplaire à mon maître ; il n'aime pas qu'on lui manque.
— Apprends, répliqua-t-elle, que si tu veux rester ici, tu ne dois plus obéir qu'à moi seule, ni suivre désormais d'autre volonté que la mienne.
— Madame, je vais m'y soumettre, puisque vous l'ordonnez ; mais j'espère de votre bonté que vous ne voudrez pas me causer du chagrin vis-à-vis de monseigneur. »

Cependant on *corna* l'eau[45] : tout le monde se mit à table, et le comte vit avec un grand étonnement ses ordres changés et tous les ragoûts qu'il avait ordonnés, devenus ragoûts à l'ail. Il feignit, ainsi que les convives, de ne pas s'en apercevoir. Mais quand il se vit seul avec son épouse, il fit appeler son maître-queux, et lui demanda pourquoi il avait eu l'audace de lui désobéir, « Ah ! monseigneur, répondit le villain en se jetant à genoux, c'est madame qui l'a voulu : la voici, interrogez-la vous-même, je n'ai pas osé la contredire. »

Le comte n'était pas homme à perdre son temps en réprimandes. Il prit un bâton et en donna au fricasseur un tel coup qu'il lui fit sauter un œil ; après quoi il lui ordonna de sortir sur-le-champ de sa terre, sous peine d'être pendu le lendemain s'il l'y trouvait. « Et vous, madame, dit-il ensuite à la comtesse, qui vous a conseillé ce beau coup de tête ? » Elle nia d'abord que personne lui eût parlé.

---

45 Quant au repas, on l'annonçait au son du cor chez les nobles : cela s'appelait *corner l'eau*, parce qu'on se lavait les mains avant de se mettre à table. Chateaubriand, Essai sur la littér. anglaise, t. 1, 1836, p. 41.

Cependant, lorsqu'elle se vit pressée, soit qu'elle crût s'excuser en rejetant la faute sur un autre, soit que ce bâton l'eût déconcertée, elle avoua une partie des conseils qu'à son départ lui avait donnés sa mère, et pria le comte de lui pardonner sa faute. « C'est ce que je ferai, reprit-il ; mais auparavant je veux que vous puissiez vous en ressouvenir. » Et aussitôt, avec la même arme qui avait servi pour le cuisinier, il lui imprima sur le dos son pardon si vigoureusement, qu'on fut obligé de la porter au lit. Elle y resta plusieurs jours, pendant lesquels rien ne lui fut refusé de ce dont elle avait besoin ; mais aussi depuis ce moment jamais on ne vit femme plus souple et plus obéissante.

Écoutez maintenant comment fut changée celle du prud'homme.

Il y avait trois mois qu'elle était séparée de sa fille, lorsqu'il lui prit envie d'aller la voir. Elle eut soin d'en faire prévenir son gendre, et partit pompeusement escortée par ses chevaliers, derrière lesquels marchait le bon châtelain, à qui par grâce on avait bien voulu permettre de suivre. Le comte vint au-devant de la troupe. Il fit toute sorte de caresses à son beau-père, l'embrassa vingt fois, le combla d'amitié ; mais pour la dame, à peine parut-il s'apercevoir de son arrivée.

Quand on fut entré dans la salle, il envoya ordre à la comtesse de paraître. Elle descendit sur-le-champ. Néanmoins quelque joie qu'elle eût de voir sa mère, ce qu'il lui en avait coûté par rapport à elle l'empêcha de la lui témoigner. Ainsi elle se contenta de la saluer, et alla embrasser son père, auprès duquel le comte lui fit signe de s'asseoir. La mère, peu accoutumée à de pareilles humiliations, ne savait trop quelle contenance tenir. À souper, on la plaça avec ses six chevaliers à une table séparée qui fut servie d'une manière très frugale. Le prud'homme, pendant ce temps, mangeait à celle de son gendre où rien ne manqua, bonne compagnie, bons vins et clairet[46]. Le repas fini et les nappes ôtées, on rit et on s'amusa, jusqu'à ce qu'enfin le fruit parût, après quoi chacun se retira pour dormir.

---

46 Vin rouge léger et peu coloré.

Mais tout ce que venait de faire le comte pour son beau-père ne lui suffisait pas encore. Il ne pouvait songer sans chagrin au sort de cet honnête homme, que sa méchante femme rendait depuis si longtemps malheureux, et pendant la nuit il s'occupa du projet de l'affranchir de ce triste joug. Dès qu'il fut jour il le fit prier de descendre. « Sire, dit-il, j'ai fait préparer un arc et des filets, mes gens sont prévenus et vous attendent, allez vous amuser dans le parc et nous tuer du gibier, je ferai pendant ce temps compagnie aux dames. » Le prud'homme y alla, tout le monde le suivit, et il ne resta au château que quatre grands sergents, forts et vigoureux, avec lesquels le comte entra chez sa belle-mère.
« Madame, dit-il, j'ai une question à vous faire, et je viens vous prier d'y répondre.
— Volontiers, sire, si j'en suis capable.
— Dites-moi pourquoi vous vous plaisez sans cesse à humilier et contredire votre mari ; car enfin vous n'ignorez pas que votre devoir est de l'aimer, de le respecter et de lui obéir.
— Sire, c'est qu'il est né sans esprit, et que si je le laissais le maître, il ne ferait que des sottises.
— Oh ! j'en soupçonne une autre raison, et je veux vérifier si je me trompe. »

La décence ne me permet pas d'en traduire davantage. Je préviens aussi que, par le même motif, j'ai changé le dernier mot du titre, qui, dans l'original, annonce crûment l'endroit que je supprime. Le conte finit par représenter la mère douce et complaisante envers son mari, autant qu'elle avait été jusque-là méchante et impérieuse ; et il ajoute : Que celui qui a une bonne femme la chérisse et l'honore ; mais bénis soient les maris qui les corrigeront quand ils en auront de mauvaises, et honnis ceux qui s'en laisseront maîtriser[47].

---

47 Dans les *Piacevole notti di Straparola*.
    Ce conte se trouve aussi dans le *Novelliero italiano*.

Bérenger

Je vous ai dit depuis deux ans tout ce que je savais de contes et de fabliaux : je ne veux plus en faire qu'un seul, c'est celui de Bérenger ; le voici, écoutez-moi.

En Lombardie, pays comme vous savez, où la gent n'est guère hardie, vivait un chevalier resté veuf avec une fille unique. Il s'était endetté et avait eu recours à un usurier ; mais cette ressource passagère n'avait fait, comme il arrive d'ordinaire, que le mettre encore plus mal à son aise ; de sorte que bientôt, hors d'état de s'acquitter vis-à-vis de son créancier nouveau, il se vit réduit à lui offrir pour son fils sa fille en mariage. L'offre fut acceptée. La demoiselle épousa le fils du villain, et c'est ainsi que les bonnes races s'avilissent, que chevalerie dégénère, et qu'à de braves hommes succèdent des générations de gredins qui ne savent plus aimer qu'or et argent.

Pour en revenir au père, comme il rougissait dans son âme de cette alliance qui allait d'ailleurs tacher la naissance de ses petits-fils, il arma de sa main son gendre chevalier. Fier de son nouveau titre, celui-ci, dès ce moment, se crut un héros. Chaque jour il parlait de sa noblesse et se moquait des villains. Ce n'était plus, et à table surtout, que propos de tournois, d'armes et de combats. Il espérait par là donner de lui une grande idée à sa femme ; mais il s'aperçut qu'il n'avait réussi, au contraire, qu'à s'en faire mépriser davantage. Alors, pour lui en imposer avec quelque sorte de vraisemblance, il déclara que, honteux d'avoir si longtemps laissé l'amour enchaîner sa valeur, il allait enfin montrer quel époux elle avait, et lui promit avant peu, s'il pouvait rencontrer quelque ennemi, des prouesses telles que tous ses parents ensemble n'eussent même jamais osé en imaginer de semblables.

Le lendemain il se leva de bonne heure ; il se fit apporter des armes toutes neuves et bien luisantes, monta sur un grand destrier et sortit fièrement. L'embarras était de savoir où il irait dans cet équipage et comment il s'y prendrait pour se donner vis-à-vis de sa moitié la réputation d'un preux chevalier. Assez près de là heureusement était un bois. Il s'y rend au galop, attache son cheval, puis après[48] avoir bien regardé autour de lui s'il ne voit personne, il suspend son écu à une branche sèche, et avec sa belle épée frappe dessus à grands coups pour le briser. Il rompt de même sa lance en plusieurs tronçons, après quoi il revient chez lui, son écu tout découpé pendu au cou.

La femme, quand il descendit de cheval, se présenta pour tenir l'étrier. Il lui ordonna de se retirer ; et en lui montrant ces armes fracassées, les prétendus témoins de sa victoire, il ajouta d'un ton méprisant que toute sa famille, dont elle était sottement si fière, n'eût jamais, réunie ensemble[49], soutenu l'assaut terrible qu'il venait seul d'essuyer. Elle ne répondit rien et rentra, assez surprise cependant de voir un écu fracassé comme au sortir d'un tournoi, tandis que le cavalier et le cheval n'avaient pas même reçu une égratignure.

La semaine suivante notre héros sortit encore et avec un pareil succès. Il eut même l'insolence cette fois-là, lorsqu'à son retour la dame vint selon sa coutume l'aider à descendre, de la repousser avec le pied, comme si elle n'eût pas été digne de toucher un homme tel que lui. Cependant le cheval était rentré tout aussi frais presque que quand il était parti ; l'épée, qui n'était que brèches, n'avait pas une seule goutte de sang, et le heaume ainsi que le haubert[50] n'offrait pas même l'apparence d'un coup. Tout cela inspira de la défiance à l'épouse. Elle eut des soupçons violents sur ces combats incroyables ; et pour savoir à quoi s'en tenir, elle se fit faire en cachette des armes de chevalier, résolue de suivre son mari quand il sortirait, et, si elle le pouvait, de se venger de lui à plaisir.

Il retourna bientôt au bois pour aller expédier, disait-il, trois chevaliers qui avaient osé le provoquer au combat. L'épouse le pressa de se faire accompagner de quelques écuyers armés, ne fût-ce qu'afin d'empêcher la trahison. Il n'avait garde vraiment d'y

---

48 Sic.
49 Sic.
50 Longue chemise en mailles d'acier tissées, munie de manches, d'un gorgerin et d'un capuchon, que portaient les chevaliers au Moyen Âge lorsqu'ils combattaient. Synon. cotte de maille.

consentir, et répondit qu'il se sentait assez sûr de son bras pour ne pas craindre trois hommes, et même davantage, s'ils avaient l'audace de se présenter. Dès qu'il fut parti, la dame s'arma promptement, elle vêtit un haubert, ceignit une épée, laça un heaume sur sa tête, et, montant à cheval, galopa après le fanfaron.

Il était déjà dans le bois où, avec un vacarme épouvantable, il fracassait à tour de bras son nouvel écu. Le premier mouvement de l'épouse fut de rire ; mais elle avait besoin d'un prétexte pour lui chercher une querelle, et l'apostropha ainsi : « Vassal, de quel droit viens-tu ici couper mes arbres et par un bruit effroyable troubler ma marche ? C'est donc afin de pouvoir me refuser une satisfaction que tu brises ton écu ? Poltron que tu es, maudit soit celui qui ne te méprisera pas autant que moi ! Je t'arrête ici prisonnier, suis-moi à l'instant dans mes prisons où tu vas pourrir. »

Jamais peur n'égala celle que ressentit à ces paroles le pauvre chevalier. Il se voyait pris sans pouvoir échapper, et ne se sentait point le courage de combattre. Si un enfant fût venu dans ce moment lui arracher les deux yeux de la tête, il n'eût osé s'en défendre. L'épée lui tomba des mains ; il demanda grâce, et promit de n'entrer de sa vie dans le bois, offrant même, s'il y avait fait quelque dommage, de le réparer au centuple. « Âme basse, qui crois que de l'argent peut fléchir la colère d'un brave homme, je vais t'apprendre un autre langage. Il faut, avant de sortir d'ici, que notre querelle se décide par les armes. Vite à cheval, et songe à te bien défendre, car je ne fais jamais de quartier, et t'annonce d'avance que si tu es vaincu, ta tête vole à l'instant de dessus tes épaules. » En même temps elle lui déchargea sur le heaume un grand coup d'épée. Le malheureux tout tremblant répondit qu'il avait fait vœu à Dieu de ne jamais se battre, et demanda s'il n'y avait pas un autre moyen de réparer ses torts : on ne lui en offrit qu'un seul.

Ici je me vois forcé d'interrompre mon récit pour réclamer l'indulgence de mes lecteurs. Me pardonneront-ils de dire que la belle guerrière propose au chevalier de venir baiser ce qu'on ne baise guère ordinairement, et que le poltron s'y soumet ; que l'une descend et présente sans voile l'objet du baiser, tandis que l'autre, ôtant son heaume, s'avance un genou en terre, pour sa respectueuse cérémonie qui lui fait faire une remarque et une réflexion bien singulière[51].

Quand il se fut relevé, il prit la liberté de demander le nom de son vainqueur. « Eh ! que t'importe ce nom ? Je veux bien ne pas te le cacher : au reste, tout bizarre qu'il est, et quoique je sois le seul de ma famille qui l'aie porté, je m'appelle Bérenger, et c'est moi qui fais honte aux poltrons. » À ces mots la dame remonta sur son cheval et disparut.

Sur sa route se trouvait le logis d'un chevalier qui, depuis longtemps amoureux d'elle, l'avait en vain souvent priée d'amour. Jusque-là elle l'avait toujours rebuté. Mais en revenant elle entra chez lui pour lui dire qu'elle acceptait enfin ses vœux, et l'emmena même en croupe…

Peu de temps après le mari rentra, affectant à son ordinaire une contenance assurée, quoiqu'il eût peine à cacher son humiliation. Ses gens lui demandèrent quel était le succès de son nouveau combat. « Je vais donc enfin jouir du repos, leur dit-il, ma terre est purgée pour toujours des brigands qui la ravageaient. »

Lorsqu'il se fut fait désarmer, il passa chez sa femme à dessein de raconter ses nouvelles prouesses, et fut fort étonné de la voir assise sur un lit à côté d'un homme qu'elle embrassa tout aussitôt, sans daigner même se lever pour lui. Il voulut prendre ce ton impérieux et menaçant qui lui était devenu familier, et feignit de sortir pour aller chercher son épée. « Taisez-vous, lâche, lui dit-elle, taisez-vous, ou si vous osez souffler, je fais venir ici Bérenger, vous savez comme il traite les poltrons. »

Cette parole ferma la bouche au villain. Il se retira tout confus ; et, quelle que fût depuis ce moment la conduite de sa femme, il craignit tant qu'elle ne publiât son aventure, qu'il n'osa jamais lui faire le moindre reproche. À pasteur mou le loup mange les brebis[52].

---

51 Oui, vous avez bien deviné ; elle lui fait embrasser son cul.
52 Dans le roman *d'Artus*, manuscrit, il est fait mention d'un chevalier qui employait les mêmes moyens pour en imposer à ses camarades.

Du poète et du bossu

Il y avait un poète qui excellait à faire des vers et des dits. Un jour il voulut présenter quelque chose à son roi, et travailla avec soin une pièce qu'il alla lui offrir. Le monarque en entendit la lecture avec satisfaction, et il dit au rimeur :
« Demande ce que tu voudras, je promets de te l'accorder.
— Sire, je remercie votre bonté, répondit le clerc, et ne lui demande que d'être pendant un an portier de votre cité, à condition que tous les borgnes, boiteux et bossus ou autres gens maléficiés qui entreront seront obligés de me donner chacun un denier. »
Le roi y consentit, il scella de son sceau la permission, et le poète alla garder la porte.

Par aventure vint à passer un borgne. Le clerc lui demande un denier ; sur le refus de celui-ci, il l'arrête et s'aperçoit qu'il est bossu : là-dessus nouveau denier demandé. Le bossu dispute, on le tiraille, il veut se défendre et laisse voir deux bras tortus ; en conséquence on exige de lui trois deniers. Pour échapper il prend la fuite ; mais en courant son chapel[53] tombe, le villain était teigneux : le poète l'ayant bientôt rattrapé voulut le forcer alors de payer quatre deniers au lieu de trois ; il le saisit par la chape, il lui donna quelques coups dont il le renversa, et vit qu'il avait une hernie.

Si le villain avait donné son denier quand on le lui demanda, il en eût été quitte à ce prix ; mais pour son avarice, il lui en coûta cinq, et de plus il fut battu et bafoué[54].

---

53 L'ancien mot *chapel*, et non de celui de chapeau, qui, en présentant l'idée de notre coiffure actuelle, pourrait induire en erreur. Ces chapels étaient des capots ou des bonnets qui avaient certaines fourrures ou certains ornements, selon les conditions. Quoique le capuce, le bonnet, l'aumusse, le chapel et le chaperon fussent différents, cependant, comme tous servaient de couvre-chef, ils ont été quelquefois confondus.
54 Se trouve dans les *Cento Novelle antiche di Gualteruzzi*, nov. L.

Du prud'homme qui donna des instructions à son fils
ou Du prud'homme qui n'avait qu'un ami

Mieux vaut un ami en chemin que deniers en bourse.

Un bourgeois de Rome, considéré pour sa noblesse et son mérite, et savant dans les lois, avait un fils d'environ quinze à seize ans. Le damoiseau annonçait les plus heureuses qualités : il était doux, courtois, serviable, et surtout extrêmement généreux, ce qui lui avait procuré beaucoup d'amis : j'entends de ces amis dont le monde est plein, de ces gens qui vivent des sottises d'autrui et qui vous en imposent par leurs protestations séduisantes, jusqu'au moment où vous les mettez à l'épreuve.

Le père vit avec chagrin son fils prendre dans cette sorte de sociétés perfides un goût de dépense et de prodigalité propre à le ruiner un jour en peu de temps. Il voulut lui en montrer le danger, et lui parla ainsi :

« Beau fils, quelque grand que soit un trésor, il est bientôt dissipé, quand on y puise tous les jours. Fais attention à cette maxime et accoutume-toi à l'économie, si tu ne veux pas te préparer une vieillesse mal aisée et délaissée de tout le monde ; car, quoiqu'il ne faille pas trop estimer les richesses, il est bon pourtant de passer pour être à son aise, parce que partout le pauvre est méprisé.

— Vous êtes mon père et mon seigneur, répondit le fils : je vous dois à ce double titre obéissance et respect, et je sens avec reconnaissance le motif qui vous fait parler en ce moment. Mais permettez-moi de vous représenter, sire, que je ne suis point joueur ; que, jusqu'à présent, vous n'avez point encore entendu parler de libertinage sur mon compte ; que, malgré ma jeunesse, je jouis dans Rome d'une bonne réputation, et que je puis me vanter enfin de ne m'y connaître aucun ennemi. J'ai voulu me procurer des amis, il est vrai, et j'ai cru ne pouvoir trop les acheter ni faire un meilleur emploi de vos biens ; mais ne m'avez-vous pas appris vous-même à estimer par-dessus tout un ami véritable, et ne m'avez-vous pas dit cent fois qu'il vaut mieux que des tonnes d'or ?

— Tu viens de parler très sagement, beau fils. Eh bien ! dis-moi maintenant combien tu crois en avoir gagné dont tu puisses te vanter d'être sûr.

— Sire, je crois pour le moins pouvoir compter sur dix.

— Dix, cher fils ! Assurément, si cela est, je ne plains point tout ce qu'il t'en a coûté. Hélas ! pour moi qui ai vécu soixante ans, je ne suis point, à beaucoup près, aussi heureux ; malgré tous mes soins, je n'ai pu jusqu'à présent en faire qu'un seul. Il est vrai qu'il est sûr et que je crois pouvoir en répondre. Cependant si tu veux t'en rapporter à moi, je te conseillerai d'éprouver quelques-uns des tiens. Tu ne peux qu'y gagner après tout, puisque tu les connaîtras mieux. »

Le père alors lui suggéra un stratagème, et le fils voulut bien consentir à l'employer ; mais ce fut par pure complaisance pour le prud'homme, et uniquement pour le satisfaire, tant il se tenait assuré d'avance du succès de l'épreuve.

Ils vont donc tous deux à l'étable égorger un veau. Le fils le met dans un sac qu'il prend sur ses épaules, et il se rend ainsi vers la brune chez un de ces intimes qui chaque jour le pressaient avec importunité d'employer leurs services. Dès que celui-ci l'aperçoit, il accourt, il l'embrasse, le remercie du plaisir qu'il lui procure et demande s'il n'aura donc pas enfin la satisfaction de lui être utile. « Oui, vous le pouvez, répond le damoiseau, et c'est même à ce dessein que j'accours chez vous. Dieu m'a abandonné pendant un moment, je viens de tuer un homme, sauvez-moi la vie et cachez ce corps, que j'ai enlevé pour qu'on ne puisse pas me convaincre. » En même temps il jeta par terre le sac ensanglanté qu'il portait. Mais l'intime ami le priant de le reprendre, lui déclara très nettement qu'en toute autre occasion il n'eût pas mieux demandé que de l'obliger, mais que cette fois-ci il n'était pas d'humeur à se mettre pour lui dans l'embarras. Il en fut de même du second, du troisième et de tous les dix enfin ; de sorte que le damoiseau se vit obligé de revenir chez son père conter, d'un air fort humilié, son aventure. « Je m'y étais attendu, répondit le prud'homme en souriant. Va maintenant chez mon ami, je me flatte que tu y recevras une autre réponse. »

Le jeune homme y alla ; et en effet, dès qu'il eut exposé à l'ami son prétendu malheur, celui-ci le mena dans une chambre écartée. Il fit sortir ensuite du logis, sous différents prétextes, sa femme, ses valets et ses enfants ; et, après avoir bien fermé toutes les portes : « Nous voilà libres, dit-il au jeune homme, il faut maintenant songer au plus pressé, et nous débarrasser du mort. J'irai après cela m'informer si votre affaire a transpiré, et en attendant vous resterez caché ici. » Alors il se mit en devoir de creuser une fosse pour enfouir le cadavre ; mais le jouvenceau, content de son épreuve, le remercia et s'en revint.

« Beau fils, lui dit le père, j'ai entendu dans ma jeunesse un vieux proverbe (et ne l'oublie jamais), c'est que nous ne devons regarder vraiment comme notre ami que celui qui vient à notre secours quand tout le monde nous abandonne[55]. »

---

55 Ce fabliau se trouve dans les *Heures de récréations* de Guichardin. Dans les *Novelle di Granucci*, nov. v. Dans un manuscrit de La Clayette.

Des deux bons amis

Deux marchands s'aimaient de l'amitié la plus tendre. Ils ne s'étaient pourtant jamais vus, et demeuraient, l'un à Baudac[56], l'autre en Égypte ; mais les rapports fréquents que leur donnait leur commerce, l'estime et la confiance qu'ils s'étaient mutuellement inspirées, les avaient unis aussi intimement que s'ils eussent toujours vécu ensemble.

Cependant le Syrien ne put supporter d'aimer ainsi un inconnu. Il se proposa d'aller visiter et embrasser son ami, et, après l'avoir prévenu de son départ, il se mit en route. L'Égyptien, au comble de la joie, vint plusieurs lieues au-devant de lui, et l'emmena loger dans sa propre maison. Là, lui montrant son or, son argent, ses chevaux et ses oiseaux de chasse, toutes ses possessions enfin et les chartes de ses immunités : « Voici qui est à vous, lui dit-il, et si vous m'aimez, vous en userez comme de votre bien propre. »

Afin de mieux amuser son hôte, il invita successivement différentes personnes à sa table. Ce ne furent pendant huit jours que plaisirs et festins ; mais au milieu de ces amusements, le voyageur rencontra une beauté qui le frappa au cœur, et l'impression qu'elle lui fit fut même si vive, que tout-à-coup il tomba très dangereusement malade. À l'instant furent mandés les meilleurs physiciens (médecins) du pays. D'abord ils ne purent ni à son pouls ni à son urine deviner son mal ; mais cependant quand ils l'eurent bien examiné lui-même, ils jugèrent, d'après sa mélancolie profonde, qu'il était malade d'amour. L'ami alors le conjura tendrement de lui avouer la vérité et de s'ouvrir à lui avec confiance sur un secret important duquel dépendaient ses jours.

« Puisque vous aimez dans ce pays-ci, lui dit-il, on peut y trouver votre maîtresse : le remède est facile.
— Votre amitié me pénètre le cœur, répondit le mourant, et je ne puis lui refuser l'aveu qu'elle exige de moi. Eh bien ! oui, je suis

---

56 Baudac ou Baldac, soit Bagdad. On appelait baudequin ou baldaquin les étoffes or et soie qu'on tirait d'Orient.

malade d'amour, puisqu'il faut en convenir. Mon mal est au comble, et si je n'obtiens celle que j'aime, c'en est fait de moi. Où la trouver ? je l'ignore. Son nom, son pays, sa naissance, tout m'est inconnu. Mes yeux ne l'ont vue qu'un instant (et ce fut pour mon malheur) ; mais jour et nuit mon cœur la voit, il la voit sans cesse, mon ami, et j'en mourrai. » En achevant ces paroles il perdit connaissance et resta plusieurs heures évanoui. On le crut mort. Son ami tomba sur lui pâmé de douleur. La désolation se répandit dans toute la maison : jeunes et vieux, chacun pleurait ; et l'homme le plus féroce, s'il se fût trouvé là, n'eût pu s'empêcher de pleurer avec eux.

Cependant le malade revint à lui, et son premier mouvement fut de regarder dans la chambre pour y chercher celle qu'il aimait : elle n'y était pas. Alors il recommença ses plaintes douloureuses. « Je ne la reverrai donc plus ! s'écria-t-il, et personne ne pourra m'enseigner ou sa demeure ou son nom ! Ah ! si elle se représentait à mes yeux, qu'ils la reconnaîtraient promptement ! » Ces derniers mots frappèrent l'ami, et ils lui suggérèrent l'idée de faire venir successivement au lit du malade toutes les dames et les demoiselles qu'il avait pu voir depuis son arrivée. Mais dans ce nombre n'était pas l'amie de son cœur. Chaque fois qu'on lui en présentait une, il répondait en soupirant : « Non, ce n'est pas encore elle. »

Enfin on se rappela qu'il y avait dans une chambre retirée une jeune personne que le maître du logis aimait éperdument, et qu'il faisait élever avec le plus grand soin, parce qu'il la destinait à devenir bientôt son épouse : le prud'homme l'amena. « La voici, s'écria aussitôt le mourant, la voici celle qui peut me faire vivre ou mourir. » L'Égyptien, combattu par son amour, hésita un moment ; mais bientôt sa tendresse héroïque se dévouant au salut de son ami, il lui céda sa maîtresse. Il voulut même, pour ajouter du prix à son sacrifice, doter la pucelle. Il lui donna des étoffes et de l'argent, lui fit les mêmes avantages que s'il l'avait épousée lui-même, se chargea des noces ; et pour les rendre plus agréables, il ne manqua pas d'y appeler les ménétriers qui chantèrent des chansons de geste, et s'efforcèrent, chacun à l'envi, d'égayer la fête.

Quand tous les divertissements furent finis, le nouvel époux vint prendre congé de son généreux hôte, et il s'en retourna dans sa patrie avec sa femme. Ses amis à son arrivée accoururent le féliciter. Il y eut de nouvelles noces qui durèrent quinze jours. Les deux époux vécurent heureux et s'aimèrent toute leur vie.

Mais pendant ce temps, de grands malheurs arrivèrent à l'Égyptien. Il essuya des pertes si considérables, que sa fortune se trouva totalement anéantie. Dans cette situation cruelle, sans espoir et sans ressources, il prit le parti d'aller recourir à son ami de Baudac, sur la reconnaissance duquel il comptait, après le service qu'il lui avait rendu. Il fut obligé de faire cette longue route à pied et d'endurer le froid et le chaud, la soif et la faim, peu connus de lui jusqu'alors. Enfin, après bien des fatigues, il arriva vers le commencement de la nuit à Baudac. Mais au moment d'y entrer, l'état de misère où il se trouvait réveilla en lui un sentiment de honte qui l'arrêta. Il craignit que, s'il allait ainsi dans les ténèbres se présenter à son ami, celui-ci, qui ne l'avait jamais vu qu'avec l'appareil de l'opulence, ne le reconnût peut-être pas ; et il crut mieux faire d'attendre le jour, et d'entrer pour passer la nuit dans un temple qu'il aperçut près de là.

À peine se vit-il dans cette noire et vaste solitude, que mille idées désespérantes vinrent l'assiéger. « Beau sire Dieu, s'écria-t-il, en quelle affreuse situation votre volonté m'a réduit ! Hélas ! mon ancienne aisance me la rend plus douloureuse encore. J'ai eu tout à souhait, et me voilà seul, abandonné et manquant de tout ! Ne vaudrait-il pas mieux pour moi que je fusse mort ? »

Comme il parlait ainsi, une grande rumeur se fit entendre dans le temple. Un assassin venait de s'y réfugier, et les bourgeois le poursuivaient pour le saisir ; ils demandèrent à l'Égyptien s'il ne l'avait point vu entrer. Lui, qui voulait mourir et finir ainsi sa honte et sa souffrance, se déclara le coupable : il fut cru, saisi, garrotté et jeté dans une prison. Le lendemain on le livra au juge qui, sur son aveu, car il ne voulut rien dire pour sa défense, le condamna aux fourches patibulaires[57]. Un grand nombre de personnes accoururent

---

57 Les fourches patibulaires étaient un gibet constitué de deux colonnes de pierre ou plus, sur lesquelles reposait une traverse de bois horizontale. Placées en hauteur et bien en vue du principal chemin public, elles signalaient le

au lieu de son supplice, et entre autres cet ami dont il avait sauvé les jours et qu'il venait trouver à travers tant de dangers.

Celui-ci n'avait pas oublié ce qu'il lui devait. Par bonheur il le reconnut ; mais que faire, et surtout dans ce moment, où toute ressource semblait interdite ? Il sut en trouver une cependant, ce fut de se dévouer lui-même pour son ami. « Bonnes gens de Dieu ! s'écria-t-il, gardez-vous de faire péché, et ne punissez pas cet homme innocent ; c'est moi qui ai commis le meurtre. »

Cette étonnante déclaration émut l'assemblée. On suspendit l'exécution ; on arrêta le marchand, et déjà on s'apprêtait à délier l'étranger.

Mais le véritable assassin se trouvait là aussi. Quand il vit garrotter le prud'homme, il sentit des remords. « Eh quoi ! se dit-il à lui-même, cet honnête bourgeois va mourir pour mon crime, et moi, malheureux ! moi qui l'ai commis, je vivrai ! L'œil de Dieu m'a vu cependant, et s'il ne me punit pas dans cette vie, je ne lui échapperai point dans l'autre, au jour où il jugera toutes les actions, bonnes et mauvaises, et où chacun recevra selon ses œuvres. Non, je ne veux pas charger mon âme d'un second péché ; et j'aime mieux subir ici le châtiment de la justice humaine en confessant ma faute, que de m'exposer à la vengeance terrible d'un Dieu qui punit pour jamais. »

Il avoua donc son crime et fut conduit aux juges, qui, fort étonnés de cette aventure et embarrassés sur la sentence qu'ils avaient à prononcer, vinrent consulter le roi. Le monarque, aussi surpris qu'eux, manda les trois prisonniers ; et, après leur avoir promis leur grâce s'ils voulaient avouer la vérité, il les interrogea lui-même. Chacun d'eux alors raconta naïvement ce qui lui était arrivé, et ils furent renvoyés tous trois libres et absous.

---

siège d'une haute justice et le nombre de colonnes de pierre indiquait le titre de son titulaire. Les condamnés à mort étaient pendus à la traverse de bois et leurs corps étaient laissés sur le gibet pour être exposés à la vue des passants et dévorés par les corneilles (corbeaux, selon plusieurs chansons).

Le Syrien[58] s'en revint avec son ami qu'il venait d'avoir le bonheur de sauver aussi à son tour. Il lui fit servir aussitôt à manger et lui dit : « Si tu veux vivre ici avec moi, doux ami, je prends à témoin Dieu qui m'entend que jamais rien ne te manquera, et que tu seras autant que moi-même le maître de tout ce que je possède. Si tu préfères le séjour de ta patrie, je t'offre la moitié de ma fortune, ou plutôt ce qu'il te plaira d'en prendre. » L'Égyptien déclara qu'il voulait s'en retourner, et il partit comblé de biens.

On ne trouverait pas aujourd'hui d'amis pareils à ceux-ci. Le monde va tous les jours en empirant, et il empirera éternellement. Heureux celui qui peut trouver un bon ami : il doit en remercier la Providence ; mais qu'il le garde bien, car les hommes sont devenus si faux et si traîtres, il y a sur la terre si peu de loyauté, que probablement il aura le dernier[59].

---

58 Bagdad ou Baghdad est aujourd'hui la capitale de l'Irak et de la province de Bagdad. Et non de la Syrie. Toutefois, après l'arrivée des conquérants musulmans, Damas est devenue la capitale de l'Empire omeyyade, et a atteint un prestige et une puissance encore inégalés dans l'histoire syrienne. Cet empire s'étendait de l'Espagne à l'Asie centrale (661 à 750 ap. J.-C.). Après la chute des Omeyyades, un nouvel empire fut créé à Bagdad, l'Empire abbasside. Sous les Abbassides, le centre de gravité de l'islam se déplace de la Syrie vers l'Irak où une nouvelle capitale est fondée en 762 : Bagdad. La civilisation arabo-musulmane est à son apogée, dans un empire qui s'étend de l'Ifriqiya aux rives de l'Indus.
59 Se trouve dans Boccace, xe journ. 8e nouv. Et dans les *Cent Nouvelles nouvelles de madame de Gomez*, tome v, nouv. 28, d'après la version de Boccace. Hardi et Chevreau en ont fait une tragi-comédie.

De celui qui mit en dépôt sa fortune

J'ai ouï conter l'aventure d'un Maure d'Espagne qui avait entrepris le pèlerinage de La Mecque. Il ramassa dans ce dessein tout ce qu'il avait d'argent, et s'embarqua pour l'Égypte. Mais arrivé là, et au moment d'entrer dans le désert, il pensa que ce serait peut-être de sa part une imprudence de porter plus loin avec lui toute sa fortune, et crut plus sûr de la déposer jusqu'à son retour entre les mains de quelque honnête homme d'une probité reconnue. Il prit donc sur cela des informations. On lui parla avec les plus grands éloges d'un vieillard renommé dans le pays pour sa sagesse et sa loyauté ; et, d'après les témoignages qu'on lui en rendit, il alla trouver le prud'homme et lui confia deux mille besants.

Il comptait les reprendre à son retour. Mais il fut bien étonné alors quand, se présentant pour les redemander, il entendit cet honnête homme si vanté déclarer qu'il n'avait rien à lui et soutenir même qu'il ne l'avait jamais vu. Le pèlerin aussitôt alla porter sa plainte devant les juges ; il les somma de lui faire rendre son bien, jura, s'emporta en invectives contre le fripon qui le ruinait ; mais la réputation du vieillard était si bien établie que, sur la simple déposition de celui-ci, le malheureux vit sa demande rejetée tout d'une voix.

Il s'en retournait, le désespoir dans l'âme, lorsqu'il fut rencontré par une bonne femme toute courbée par l'âge et appuyée sur un bâton dont elle s'aidait pour marcher. L'air consterné de l'étranger toucha la vieille : elle l'arrêta, et en le saluant au nom de Dieu, lui demanda quel était son pays et le sujet de sa douleur. L'Espagnol raconta naïvement ce qui venait de lui arriver. « Ami, dit-elle, prends courage. Il est encore des moyens pour te faire restituer ton dépôt, et j'espère, avec le secours du Dieu tout-puissant, en venir à bout. Va-t'en acheter dix ou douze coffres, ajouta-t-elle, fais-les emplir de terre ou de sable, comme tu voudras ; mais qu'ils soient forts et garnis de bonnes bandes de fer. Trouve-moi avec cela trois ou quatre personnes de tes compatriotes dont tu sois sûr, et viens me rejoindre ensuite : je fais mon affaire du reste. »

L'Espagnol exécuta ponctuellement ce que lui avait ordonné la vieille. Il revint avec quatre amis, et dix grands coffres si pleins et si lourds, que les porteurs qui en étaient chargés pliaient sous le faix. « Suivez-moi tous » dit-elle. Alors elle se rendit au logis du dépositaire, et faisant rester à la porte les porteurs et l'Espagnol, auquel elle recommanda de ne paraître que quand elle ferait apporter le premier coffre, elle entra avec les quatre amis chez le bourgeois et lui parla ainsi : « Sire, voici de braves gens qui viennent du bon pays d'Espagne et qui s'en vont en pèlerinage visiter les (lieux) saints. Ils ont apporté avec eux beaucoup de richesses, entre autres dix coffres pleins d'or et d'argent, dont ils se trouvent en ce moment assez embarrassés. Ils voudraient pour quelque temps les déposer dans des mains sûres ; et moi, qui connais votre probité inaltérable et qui sais combien vous méritez votre réputation, je les ai amenés chez vous, comme chez la personne du monde que je crois la plus propre à remplir leurs vues. » En même temps elle donna ordre qu'on fît entrer un des coffres, et je vous laisse à penser quelle était la joie du vieil hypocrite.

Mais tout-à-coup l'homme aux deux mille besants se présenta, ainsi qu'on en était convenu. À cette vue le fripon fut troublé. Il craignit que si, dans un moment pareil, on venait à lui reprocher une infidélité, les quatre étrangers ne fissent remporter leurs coffres et ne le privassent ainsi de la proie immense qu'il espérait pouvoir s'approprier. Il alla donc au-devant du Maure. « Eh ! d'où venez-vous ? lui dit-il avec un air de surprise et de plaisir. Après une si longue absence, je désespérais presque de vous revoir jamais, et je m'inquiétais déjà sur le dépôt que vous m'aviez confié. Je remercie le ciel de vous avoir rendu à mes vœux ; venez maintenant reprendre ce qui vous appartient. » Alors il remit à l'Espagnol ses deux mille besants. Quand celui-ci les eut emportés, la vieille pria le bourgeois de donner ses ordres pour qu'on mît en lieu sûr le premier coffre ; et pendant ce temps elle sortit avec les quatre amis, sous prétexte de lui faire apporter les autres ; mais il eut beau attendre, ils sont encore à venir[60].

---

60 Se trouve dans Boccace, 8ᵉ journ. 10ᵉ nouv. Dans les Mille et une Nuits, avec **Ali Cogia**. On le trouve dans le Journal de Paris, année 1786, n° 257, sous le

Le grand chemin

Je voyageais un jour dans la compagnie de marchands qui allaient en foire à Sens. À une demi-journée de la ville, ils rencontrèrent un paysan et lui demandèrent le chemin. « Il y en a deux, répond le manant : l'un est ce petit sentier que vous voyez à droite, l'autre la grande route que vous suivez, et au bout de laquelle vous trouverez un pont. Le premier est beaucoup plus court, mais il faut passer la rivière à gué. »

Les marchands prirent le sentier. En vain le villageois leur représenta que le gué était dangereux, ils répondirent qu'ils étaient pressés. Mais ils eurent lieu de se repentir de leur imprudence. Quelques-uns se noyèrent en traversant la rivière, d'autres perdirent leurs marchandises, et parmi ceux qui échappèrent, presque tous furent mouillés. Pour moi qui avais suivi le paysan, j'arrivai avec lui à l'autre bord. Nous trouvâmes les marchands occupés à pleurer leurs compagnons morts, à chercher dans l'eau leurs effets, à faire sécher leur linge et leurs habits. « Messieurs, leur dit alors mon guide, apprenez qu'en bien des occasions le chemin le plus long peut devenir le chemin le plus court s'il est le plus sûr[61]. »

---

    titre du Juge prudent, conte oriental traduit de l'allemand.
61 Dans les *Contes du sieur d'Ouville*, c'est un voyageur qui, comme dans le fabliau, veut passer un gué au lieu d'aller gagner le pont. Il se noie.

Des trois larrons ou **De Haimet et de Barat**
par Jean de Boves

Seigneurs barons, mon fabliau ne vous offrira ni les prouesses brillantes d'un chevalier, ni les ruses adroites d'une femme pour cacher à son mari de furtives amours. Il ne contient que les subtilités de trois filous, d'auprès de Laon, dont les talents associés mirent longtemps à contribution laïques et moines.

Deux d'entre eux étaient frères et se nommaient Haimet et Barat. Leur père, qui avait fait le même métier qu'eux, venait de finir par être pendu, sort communément destiné à cette espèce de talent-là. Le troisième s'appelait Travers. Au reste, ils ne tuaient jamais ; ils se contentaient seulement de filouter, et leur adresse en ce genre tenait presque du prodige.

Un jour qu'ils se promenaient tous trois dans le bois de Laon, et que la conversation était tombée sur leurs prouesses, Haimet, l'aîné des deux frères, aperçut au haut d'un chêne fort élevé un nid de pie, et il vit la mère y entrer.
« Frère, dit-il à Barat, si quelqu'un te proposait d'aller enlever les œufs sous cette pie sans la faire envoler, que lui répondrais-tu ?
— Je lui répondrais, répartit le cadet, qu'il est fou et qu'il demande une chose qui n'est pas faisable.
— Eh bien ! sache, mon ami, que quand on ne se sent pas en état de l'exécuter, on n'est en filouterie qu'un butor : regarde-moi. » Aussitôt mon homme grimpe à l'arbre. Arrivé au nid, il l'ouvre doucement par-dessous, reçoit les œufs à mesure qu'ils coulent par l'ouverture, et les rapporte, en faisant remarquer qu'il n'y en a pas un seul de cassé. « Ma foi, il faut l'avouer, tu es un fripon incomparable, s'écrie Barat ; et si tu pouvais maintenant aller remettre les œufs sous la mère comme tu les en as tirés, tu pourrais te dire notre maître à tous. »

Haimet accepte le défi et il remonte. Mais c'était là un piège que lui tendait son frère. Dès que celui-ci l'aperçoit à une certaine hauteur, il dit à Travers : « Tu viens de voir ce que sait faire Haimet, je veux maintenant te montrer un tour de ma façon. » À l'instant il monte à l'arbre après son aîné, il le suit de branche en branche ; et tandis que l'autre, les yeux fixés sur le nid, tout entier à son projet et attentif au moindre mouvement de l'oiseau pour ne pas l'effaroucher, semblait un serpent qui rampe et qui glisse, l'adroit coquin lui détache son brayer[62] et revient, portant en main ce gage de son triomphe. Haimet cependant avait remis les œufs, et il s'attendait au tribut d'éloges que méritait un pareil succès. « Bon, tu nous trompes, lui dit en plaisantant Barat, je gage que tu les as cachés dans ton brayer. » L'aîné regarde, il voit que son brayer lui manque et il devine sans peine que c'est là un tour de son frère. « Excellent voleur, dit-il, que celui qui en vole un autre. »

Pour Travers, il admirait également les deux héros, et il ne savait auquel des deux donner la palme. Mais aussi tant d'adresse l'humilia. Piqué de ne point se sentir pour le moment en état de jouter avec eux, il leur dit : « Mes amis, vous en savez trop pour moi. Vous échapperiez vingt fois de suite que je serais toujours pris. Je vois que je suis trop gauche pour faire quelque chose dans votre métier ; adieu, j'y renonce et vais reprendre le mien. J'ai de bons bras, je travaillerai, je vivrai avec ma femme, et j'espère, moyennant l'aide de Dieu, pouvoir me tirer de peine. »

Il retourna en effet dans son village comme il l'avait annoncé. Sa femme l'aimait ; il devint homme de bien, et il travailla si heureusement qu'au bout de quelques mois il eut le moyen d'acheter un cochon. L'animal fut engraissé chez lui. Noël venu, il le fit tuer ; et l'ayant à l'ordinaire suspendu par les pieds contre la muraille, il partit pour aller aux champs ; mais c'eût été bien mieux fait à lui de le vendre. Il se serait épargné par là de grandes inquiétudes, comme je vais vous le raconter.

Les deux frères qui ne l'avaient point vu depuis le jour de leur séparation, vinrent dans ce moment lui faire visite. La femme était seule, occupée à filer. Elle répondit que son mari venait de sortir et qu'il ne devait rentrer que le soir. Mais vous pensez bien qu'avec des yeux exercés à examiner tout, le cochon ne put guère leur échapper. « Oh ! oh ! se dirent-ils en sortant, ce coquin veut se régaler et il ne nous a pas invités ! Eh bien ! il faut lui enlever son

---

62 Ceinture (qui maintient les braies).

cochon et le manger sans lui. » Là-dessus les fripons arrangèrent leur complot, et en attendant que la nuit vînt leur permettre de l'exécuter, ils allèrent se cacher dans le voisinage derrière une haie.

Le soir, quand Travers rentra, sa femme lui parla de la visite qu'elle avait reçue.
« J'ai eu si peur de me trouver seule avec eux, dit-elle, ils avaient si mauvaise mine, que je n'ai osé leur demander ni leur nom ni pourquoi ils venaient. Mais leurs yeux ont fureté partout, et je ne crois pas qu'il y ait ici un clou qui leur ait échappé.
— Ah ! ce sont mes deux drôles, s'écria douloureusement Travers, mon cochon est perdu ; c'est une affaire faite, et je voudrais à présent pour bien des choses l'avoir vendu.
— Il y a encore un moyen, dit la femme : ôtons-le de sa place et le cachons quelque part pour cette nuit. Demain, quand il fera jour, nous verrons quel parti prendre. »
Travers suivit le conseil de sa femme. Il décrocha le bacon, et alla le mettre par terre à l'autre bout de la chambre, sous la maie qui servait à pétrir leur pain : après quoi il se coucha, mais non sans inquiétude.

La nuit venue, les deux frères arrivent pour accomplir leur projet ; et tandis que l'aîné fait le guet, Barat commence à percer le mur à l'endroit où il avait vu le cochon suspendu. Mais bientôt il s'aperçoit qu'il n'y a plus que la corde. « L'oiseau est déniché, dit-il, nous venons trop tard. » Travers, que la crainte d'être volé tenait en alarme et empêchait de dormir, croyant entendre quelque bruit, réveilla sa femme et courut à la maie tâter si son cochon y était encore. Il l'y retrouva ; mais comme il craignait aussi pour sa grange et son écurie, il voulut aller partout faire sa ronde, et sortit armé d'une hache. Barat qui l'entendit sortir profita de ce moment pour crocheter la porte ; et, s'approchant du lit en contrefaisant la voix de Travers :
« Marie, dit-il, le bacon n'est plus à la muraille, qu'en as-tu fait ?
— Tu ne te souviens donc pas que nous l'avons mis sous la maie ? répondit la femme. Est-ce que la peur t'a troublé la cervelle ?
— Non pas, reprit l'autre, mais je l'avais oublié. Reste là, je vais le ranger. »

En disant cela, il va charger le cochon sur ses épaules et l'emporte.

Après avoir fait sa ronde et bien visité ses portes, Travers rentra. « Il faut avouer, dit la femme, que j'ai là un mari qui a une pauvre tête ; il oublie depuis tantôt ce qu'il a fait de son cochon. » À ces mots Travers fait un cri. « Je l'avais annoncé qu'on me le volerait, dit-il ; adieu, le voilà parti, je ne le verrai plus. » Cependant comme les voleurs ne pouvaient pas être encore bien loin, il espéra pouvoir les rattraper et courut après eux.

Ils avaient pris, à travers champs, un petit sentier détourné qui conduisait au bois, où ils espéraient cacher leur proie plus sûrement. Haimet allait en avant pour assurer la marche et son frère, dont le fardeau ralentissait le pas, suivait à quelque distance. Travers eut bientôt atteint celui-ci. Il le reconnut ; et, prenant le ton de voix de l'aîné : « Tu dois être las, lui dit-il, donne que je le porte à mon tour. » Barat qui croit entendre son frère livre à Travers le cochon, et prend les devants. Mais il n'a pas fait cent pas, qu'à son grand étonnement il rencontre Haimet. « Morbleu, dit-il, j'ai été attrapé. Ce coquin de Travers m'a joué un tour ; mais laisse faire, tu vas voir si je sais réparer ma sottise. »

En disant cela il se dépouille, met sa chemise par-dessus ses habits, se fait une espèce de coiffe de femme, et dans cet accoutrement court à toutes jambes par un autre chemin à la maison de Travers, qu'il attend auprès de la porte. Quand il le voit arriver, il s'avance au-devant de lui comme si c'eût été sa femme, et lui demande, en contrefaisant sa voix, s'il a rattrapé le cochon.
« Oui, je le tiens, répond le mari.
— Eh bien ! donne-le-moi, je vais le rentrer, et cours vite à l'étable, car j'ai entendu du bruit et j'ai peur qu'ils ne l'aient forcée. »

Travers lui charge l'animal sur les épaules, et va faire une nouvelle ronde ; mais quand il rentre, il est fort étonné de trouver au lit sa femme qui pleurait et se mourait de peur. Il s'aperçoit alors qu'on l'a trompé de nouveau. Cependant il ne veut point en avoir le démenti ; et comme si son honneur eût été intéressé à cette aventure, il jure de n'en sortir, d'une manière ou de l'autre, que victorieux.

Il se douta bien que les voleurs, ce voyage-ci, ne prendraient plus le même chemin, mais il soupçonna avec raison que la forêt étant pour eux le lieu le plus proche et le plus sûr, ils s'y rendraient comme la première fois. En effet, ils y étaient déjà, et dans la joie et l'empressement qu'ils avaient de goûter le fruit de leur vol, ils venaient d'allumer du feu au pied d'un chêne pour faire quelques grillades. Le bois était vert et brûlait mal, de sorte qu'afin de le faire aller, il leur fallait ramasser de côté et d'autre des branches mortes et des feuilles sèches.

Travers, qui, à la lueur du feu, n'avait pas eu de peine à trouver ses larrons, profite de leur éloignement. Il se déshabille tout nu, monte sur le chêne, se suspend d'une main dans l'attitude d'un pendu, puis quand il voit les voleurs revenus et occupés à souffler leur feu, d'une voix de tonnerre il s'écrie : « Malheureux ! vous finirez comme moi. » Ceux-ci troublés croient voir et entendre leur père : ils ne songent qu'à se sauver. L'autre reprend à la hâte ses habits et son cochon, et revient triomphant conter à sa femme sa nouvelle victoire. Elle le félicite, en l'embrassant, sur un coup si hardi et si adroit.

« Ne nous flattons pas trop encore, répondit-il. Les drôles ne sont pas loin, et tant que le bacon subsistera, j'aurai toujours peur. Mais fais chauffer de l'eau, nous le ferons cuire. S'ils reviennent, nous verrons alors comment ils s'y prendront. » L'une alluma donc du feu, l'autre dépeça l'animal qu'il mit par morceaux dans le chaudron, et chacun d'eux, pour y veiller, s'assit à un coin de la cheminée.

Mais Travers, que l'inquiétude et le travail de la nuit avaient beaucoup fatigué, ne tarda guère à s'assoupir. « Couche-toi, lui dit sa femme, j'aurai soin de la marmite : tout est bien fermé, il n'y a rien à craindre ; et en tout cas, si j'entends du bruit, je t'appellerai. » D'après cette assurance, il se jeta tout habillé sur son lit, où il s'endormit aussitôt. La femme continua pendant quelque temps de veiller au chaudron ; mais enfin le sommeil la gagna aussi, et elle finit par s'endormir sur sa chaise.

Pendant ce temps les larrons, remis de leur première frayeur, étaient revenus au chêne. N'y retrouvant plus ni le pendu ni le cochon, il ne leur avait pas été difficile de deviner le vrai de l'aventure. Ils se crurent déshonorés si Travers, dans ce conflit de stratagèmes, l'emportait sur eux, et ils revinrent chez lui, fortement déterminés à déployer pour la dernière fois tout ce dont ils étaient capables en fait de ruses.

Avant de rien entreprendre, Barat, pour savoir si l'ennemi était sur ses gardes, regarda par le trou qu'il avait fait à la muraille. Il vit d'un côté Travers étendu sur son lit, et de l'autre la femme, dont la tête vacillait à droite et à gauche, dormant près du feu, une écumoire à la main, tandis que le bacon cuisait dans la marmite. « Ils ont voulu nous éviter la peine de le faire cuire, dit Barat à son frère ; et, après tout, nous avons eu assez de mal pour qu'ils nous l'apprêtent. Sois tranquille, je te promets de t'en faire manger. » Il va couper aussitôt une longue gaule qu'il aiguise par un bout. Il monte sur le toit, et, descendant la gaule par la cheminée, il la pique dans un morceau qu'il enlève.

Le hasard fit que dans ce moment Travers s'éveilla. Il vit la manœuvre, et comprit qu'avec des ennemis si habiles la paix pour lui était préférable à la guerre. « Amis, leur cria-t-il, vous avez tort de dégrader mon toit ; moi j'ai eu tort de ne pas vous inviter à goûter du bacon. Ne disputons plus de subtilité, ce serait à ne jamais finir : descendez et venez vous régaler avec nous. »

Il alla leur ouvrir la porte. On se mit à table, et l'on s'y réconcilia de la meilleure foi du monde[63].

---

63 Ce conte se trouve dans l'Arcadia in Brenta, p. 254.

La veuve
par Gautier Le Long

Messieurs, je veux vous parler d'une grande bataille dans laquelle tout le monde succombe à son tour. Savez-vous comment on arrange ceux qui sont abattus ? On les étend tout de leur long sur un brancard, le ventre en haut, et on les porte ainsi à l'église. L'épouse suit, accompagnée de ses parents et amis, qui lui tiennent les mains pour l'empêcher de se déchirer le visage. « Mon bon Dieu ! ayez pitié de moi, s'écrie-t-elle. Mon Dieu, faites-moi la grâce de ne point revenir par ce chemin-ci ; que je reste avec celui auquel j'ai donné ma foi : sans lui que m'importe de vivre ! »

Lorsqu'elle entre dans l'église, ses sanglots et ses cris redoublent. Les prêtres, qui ne sont là que pour gagner leur argent, chantent pendant ce temps, sans faire à elle la moindre attention. Mais c'est quand le service est fini et que le corps va être livré aux vers, qu'il faut la retenir pour l'empêcher de se précipiter aussi dans la fosse.

Qui la verrait alors se désespérer, s'enfoncer les poings dans les yeux (qu'elle a soin de fermer cependant), croirait qu'elle va expirer de douleur. Ce n'est qu'en l'arrachant de force à ce triste spectacle qu'on peut la ramener chez elle.

À peine y est-elle arrivée, son premier soin est de se pâmer. On lui fait avaler de l'eau, on s'empresse à la secourir ; mais elle ne reprend ses sens que pour commencer de nouvelles complaintes. « Cher sire, où êtes-vous ? Quoi ! doux ami, vous m'avez abandonnée ! je ne vous verrai plus ! » et pleurs aussitôt de couler de plus belle, et commères d'accourir :
« Belle amie, à quoi bon tout ce chagrin qui ne guérit de rien ? Votre mari est mort : eh bien ! puisqu'en pleurant vous ne le ressusciterez pas, il faut l'oublier et songer à trouver quelque galant homme qui le remplace et qui dans votre profession vous soulage.
— Moi, mon Jésus ! moi, me remarier ! Ah ! que le jour où j'en aurai seulement la pensée la terre m'engloutisse ! »

N'allez pas vous imaginer cependant que la pauvrette en mourra. Non, messieurs, dès le lendemain le miroir est consulté. Bientôt, sous prétexte de propreté, on emploie quelque parure ; puis vient le blanc, puis les robes nouvelles : enfin, pareille à un autour qui, après la mue, s'élance et s'ébat dans les airs, la dame galamment parée va se montrer de rue en rue, saluant avec un sourire gracieux, et la première, ceux qu'elle voit passer. Y a-t-il une noce, une assemblée dans la ville ? elle s'y trouve, non qu'elle vienne là pour manger et pour boire ; un autre motif l'y conduit. « Ce beau garçon me plairait fort, se dit-elle à elle-même, mais il ne voudrait pas de moi. Pour celui-ci, il est trop laid ; cet autre est trop vieux, il ne me convient pas. »

Là-dessus se font dans sa tête mille arrangements qui l'occupent toute la nuit ; et le lendemain, en conséquence, elle imagine quelque parure nouvelle. Ce n'est plus cette femme paresseuse, aigre, acariâtre et insupportable ; elle est devenue gaie, active et plus douce que cannelle. Cependant ses enfants l'embarrassent : elle sent très bien qu'ils écarteront les épouseurs, et tous les jours elle prie Dieu en secret qu'il l'en délivre. Mais elle a beau faire brûler des cierges, aucun des marmots ne veut crever. Alors, comme la poule qui chasse ses poussins quand elle a envie de retourner au coq, elle les prend en haine, les gronde à tout propos, les maltraite, et mille fois le jour maudit l'instant où elle les a conçus.

Du reste, si elle cause avec vous, elle va se dire fort à son aise. Il lui est dû telle somme par Tibert : ce matin encore Martin lui a fait un remboursement. Rencontre-t-elle quelque commère bien indiscrète, bien bavarde ? oh ! c'est alors qu'elle est curieuse à entendre. « Que je suis enchantée de vous rencontrer, belle amie ! En vérité, je me faisais des reproches d'avoir été si longtemps sans vous voir, et je me proposais d'aller passer quelque après-dînée avec vous, car je vous ai toujours aimée, vous le savez, et ma mère me l'a recommandé en mourant. Mais j'ai eu tant de chagrin depuis que j'ai perdu le défunt ! Ah ! commère, j'ai fait là une bien grande perte : joyaux, ajustements, il ne me refusait rien de ce que je lui demandais. Il est vrai que le pauvre cher homme… vous entendez, commère. Aussi voilà ce que c'est que d'épouser des vieux. J'étais si jeune quand on me l'a donné. À propos de cela, je veux vous faire une confidence. J'ai été chez le devin ces jours derniers, et il m'a dit que j'épouserais un beau garçon, jeune et aimable. Il y a bien un bon parti que m'a proposé Jacques, mon cousin ; c'est un bourgeois de Tournai, fort à son aise, mais il a passé la cinquantaine, et par saint Léonard, je ne veux plus entendre parler de vieux. On veut me donner aussi Baudoin, le fils de Gobert. Vous le connaissez : dites-moi, le parti est-il avantageux ? car on voit l'écorce de l'arbre, mais on ne voit pas ce qui est dessous.

« Moi, j'ai hérité de bons meubles ; mes armoires sont pleines de linge ; j'ai deux tasses d'argent, dont l'une avec rebord en or, que messire aimait beaucoup. Il m'a laissé aussi sa maison. Je ne vous dis pas cela pour me vanter, commère ; mais si vous entendez parler de quelque garçon sage et raisonnable, ne m'oubliez pas, je vous prie. On m'a conté avant-hier que le fils de messire Godefroi a fait la mine quand on lui a montré Isabelle, sa future : comme il est votre voisin, il viendra sûrement vous conter ses doléances. Écoutez, commère : glissez-lui un mot sur mon compte. Je m'en rapporte à vous pour conduire cette affaire ; et si elle réussit, vous n'aurez pas lieu de vous en repentir, je vous en donne ma parole. Ah çà, venez goûter chez moi dimanche : je prierai la voisine Guillaume, et nous raisonnerons là-dessus tout à notre aise. »

Ce long discours n'est pas encore fini, que la commère grille déjà d'aller de porte en porte le publier. Pour l'autre, elle a beau faire, beau tendre ses filets, aucun oiseau ne s'y prend. Enfin cependant, elle attrape un gros malotru qui n'a rien, mais que dans son âme elle destine à réparer les torts du défunt ; le pauvre sire n'est pas longtemps sans reconnaître qu'il a été dupe. « Malheureux, s'écrie-t-il, celui que le diable tente et qu'il force à prendre vieille femme avec des enfants ! »

La dame, choquée, prétend que c'est elle qu'on doit plaindre d'avoir épousé un gredin tout nu, pour lequel elle a refusé Baudoin, Godefroi, Favin, Guillebert et Jean, qui tous avaient de bonnes rentes. Elle lui reproche sa misère, ses parents et ses sœurs qu'elle dit être des catins. Le prud'homme perd patience, il la rosse avec un bâton. Elle se sauve sans coiffe et sans aumusse, et pour l'épouvanter se met au lit en se plaignant beaucoup. Vient un médecin : il faut des remèdes, des emplâtres ; enfin l'imbécile est obligé de demander pardon, et on le lui fait mériter par plus d'une sorte de complaisance.

Du jeune homme aux douze femmes
ou De l'Ecuyer qui voulait épouser douze femmes[64]

Une veille de Noël, temps où les grands tiennent cour plénière, il y avait dans le palais d'un haut baron plusieurs feux allumés. Le plus fort dit aux autres : « Laissez-moi sortir, je veux aller brûler la mer », et il partit. Parvenu au rivage, il s'écria : « Mer, défends-toi, je vais te brûler. » À ces paroles, il s'élança dans les flots ; mais qu'arriva-t-il ? dans l'instant il fut éteint.

J'ai connu un jeune homme qui était le plus mauvais garnement que jamais on eût vu. Il battait tout le monde, enfonçait les portes des filles, déchirait leurs cottes ; enfin il n'y avait personne qui ne s'en plaignît, et tous les jours c'était quelque doléance nouvelle portée au père. Remontrances, menaces, châtiments, la prison même, le bonhomme employa tout pour le corriger : rien n'y fit. On prit le parti de l'envoyer à la guerre. Il courut maint pays, se trouva à maintes batailles ; il eut beaucoup de misère et de peine, voyagea sur mer, mais il revint sans être changé. Sa tête, après toutes ces épreuves, se trouva encore aussi verte et son caractère tout aussi bouillant et aussi impétueux qu'auparavant.

Le père désolé ne savait plus qu'imaginer. Il consulta ses amis. « Mariez-le, lui dit quelqu'un, et je vous garantis qu'avant un an nous le verrons si maté que vous serez tranquille sur son compte. » Le vieillard résolut de mettre le remède en usage, et il prévint son fils du dessein où il était de lui donner une femme. « Je le veux bien, répondit le garnement, mais à condition qu'avec celle-là vous m'en donnerez onze autres : autrement je vous déclare que je n'en veux aucune. »

En vain le père répond à ces fanfaronnades par les raisons qu'on peut imaginer ; le fils persiste dans sa demande, et se prétend même fort modeste de n'exiger que douze femmes. Cependant, sur les

---

64 J'avais quatre versions de ce conte ; j'en ai trouvé une cinquième dans les poésies manuscrites d'Eustache Deschamps, auteur du quatorzième siècle ; et celle-ci m'ayant paru avoir quelques détails assez agréables, je l'ai fondue dans la traduction avec les autres.

représentations de la famille, qui l'engage à essayer d'une, et sur la promesse qu'on lui fait d'augmenter le nombre s'il trouve dans la suite avoir sujet de se plaindre, il se marie. Celle qu'avait choisie le père était une demoiselle jeune, éveillée et fringante, qu'on eut soin d'instruire des propos avantageux de son prétendu. Dans son âme, elle s'était bien promis de le mettre à la raison, et elle tint parole. En moins de quinze jours, dit le poète, ce bélier fougueux et indompté devint auprès d'elle un mouton triste et paisible. Vous eussiez cru, ajoute-t-il, voir un bœuf fatigué revenir le soir de la charrue.

Alarmée en apparence de son air froid et rêveur, la dame lui demandait de temps en temps si elle commençait à lui déplaire, et si déjà il ne l'aimait plus, ou s'il aimait ailleurs. Nécessairement il fallait bien alors rassurer la pauvrette sur ses craintes, et mon homme n'en devenait pas plus gai. Bref, ses yeux se creusèrent, son visage s'allongea : il devint pâle comme quelqu'un qui sort d'une maladie ; mais aussi plus de batteries, plus de querelles : on n'entendait pas plus parler de lui que de la fille la plus sage.

Or il arriva, sur ces entrefaites, que l'on se plaignit beaucoup dans le pays des ravages que faisait un loup. Les bourgeois, pour l'exterminer, indiquèrent une battue générale, et de tous côtés on accourut, qui avec des chiens, qui avec des arcs, des haches, des bâtons et des lances. L'animal destructeur fut pris enfin dans des toiles, amené en triomphe à la ville, et promené dans les rues. Vous eussiez ri de voir alors les femmes et les enfants venir, les uns après les autres, soulager leur petite colère en lui jetant des pierres, du mortier ou de la boue. Mais quand il fut question de le faire mourir les avis se partagèrent : les uns voulaient l'écorcher tout vif, les autres le laisser périr de faim, ceux-ci le brûler, ceux-là lui crever les yeux : c'était à qui inventerait le supplice le plus extraordinaire.

Quelqu'un proposa de consulter le nouveau marié comme un homme qui, ayant voyagé beaucoup, pouvait fournir un bon conseil. Celui-ci s'en défendit d'abord ; mais, pressé par les bourgeois, et obligé de donner son opinion :
« Mes amis, dit-il, vous voulez bien vite expédier votre prisonnier, n'est-ce pas ?

— Oui, lui répondit-on.
— Eh bien ! donnez-lui une femme, je ne sais rien de plus sûr[65]. »

---

65 Se trouve dans les *Facetiae Frischlini*, page 168. Dans les *Convivales Sermones*, tome Ier, page 246. Dans les *Fables* d'Abstemius. Dans les *Divertissements curieux de ce temps*, p. 51 et 215. Dans les *Facétie, motti e burle*, da Lod. Domenichi, p. 294. Dans les *Historiettes ou Nouvelles en vers* par M. Imbert, page 35.

La patenôtre de l'usurier

Qui veut connaître la patenôtre de l'usurier ? Qu'il fasse silence et m'écoute. La voici telle que je l'ai entendue dans un sermon à Paris de la bouche de Robert de Corson.

L'usurier se lève le premier de son logis. Il va voir si la nuit ses serrures n'ont pas été forcées ; il tire les doubles verrous, éveille sa fille et sa femme, et s'habille. « Je vais à l'église, leur dit-il : s'il venait quelqu'un pour emprunter sur gages, qu'une de vous deux courre bien vite me chercher, je ne tarderai pas ; car il ne faut qu'un moment quelquefois pour perdre beaucoup. »

Il sort ensuite, et dans le chemin commence ainsi sa prière :

« *Notre père…* Beau sire Dieu, donnez-moi donc du bonheur, et faites-moi la grâce de si bien prospérer que je devienne le plus riche de tous les prêteurs du monde.

« *Qui êtes aux cieux…* J'ai bien du regret de ne m'être pas trouvé au logis le jour que cette bourgeoise vint emprunter. C'eût été bien mieux fait que d'aller à la messe. Je ne sais pourquoi le malheur m'en veut. Mais il ne m'est pas possible de mettre le pied dans une église sans perdre quelque bonne aventure ; il semble que ce soit un sort : je voudrais voir tous les prêtres et toutes les messes au diable.

« *Que votre nom soit sanctifié…* Il me fâche bien d'avoir cette grande fille qui me ruine. Elle s'entend avec sa mère pour me voler, j'en suis sûr ; et je gagerais que ces deux coquines-là se régalent dès que je suis dehors. J'aurais presque envie d'aller les surprendre.

« *Que votre règne arrive…* Mais je me rappelle que ce chevalier qui me devait cinquante livres, ne m'en a payé que la moitié. J'ai été un sot de m'en fier à sa parole d'honneur. Toutes ces paroles-là ne valent pas un bon gage.

« *Que votre volonté soit faite…* Quand j'ai fait vœu d'aller à la messe deux fois la semaine afin d'attirer la bénédiction du ciel sur mon petit négoce, je n'ai pas réfléchi que pour mon âge l'église est fort loin. Dieu devrait bien un peu m'en récompenser. »

Notre homme entre alors dans l'église. Il s'agenouille à un endroit où il puisse être remarqué, et se frappant la poitrine avec de grands soupirs il continue sa prière qu'il interrompt comme auparavant.

« *Donnez-nous notre pain quotidien…* D'où ma fille peut-elle avoir eu l'argent que je lui ai surpris ! Il faut que de son côté elle prête aussi sous main sans me le dire. Tout cela probablement est pour ce grand drôle avec lequel je l'ai trouvée un jour, et qui fut si étourdi de me voir, quoiqu'elle prétendît qu'il venait pour emprunter.

« *Délivrez-nous du mal*. Quel est ce Robert de Corson qui va courant de ville en ville pour nous prêcher ? Croit-il de bonne foi que par amour de mon prochain j'irai mendier ? Non ce pardieu.

« *Pardonnez-nous comme nous pardonnons…* Ces maudits juifs ont fait le complot de nous enlever nos pratiques et de nous ruiner, en prêtant à un intérêt plus bas que le nôtre. Mon bon Dieu, souvenez-vous qu'ils vous ont crucifié, et maudissez-les.. Hier, avant de recevoir les pièces que m'a rapportées la dame Hersant, j'ai oublié de les examiner. À présent qu'elles sont mêlées avec les autres, il me faudra revoir le sac ; mais ma foi tant pis pour elle : s'il s'en trouve quelques-unes de fausses, je les lui reporterai, et je soutiendrai que ce sont les siennes. Mes voisins ne me font rien gagner et ils sont jaloux de moi parce qu'ils me croient riche, je voudrais bien qu'ils mourussent et qu'il en vînt d'autres.

« *Ne nous induisez point en tentation*. Quand est-ce que je me verrai un monceau d'or et d'argent ! Oui, mon Dieu ! je vous promets de n'y point toucher, de me refuser tout, de… Mais ai-je bien fermé la porte en sortant ? Une, deux, trois ; oui, voilà mes trois clefs.

« *Ainsi soit-il*. Notre prêtre va sermonner et chercher à nous soutirer de l'argent de nos bourses. Serviteur, il n'en aura pas du mien. »

Marian[66]

Un roi turbulent et ambitieux inquiétait tous ses voisins, et sans cesse était en guerre avec eux. Ses sujets épuisés murmurèrent enfin si hautement, qu'il s'alarma et convoqua un parlement des principaux clercs et laïques de son royaume. Quand ils furent assemblés, il se plaignit à eux de son malheur qui le forçait à des guerres éternelles. Il craignait, disait-il, qu'elles ne fussent une punition de ses péchés, et les pria de lui dire par quelle faute il avait attiré sur sa tête la colère du Tout-Puissant.

Les ecclésiastiques parlèrent les premiers. Loin de rien trouver de répréhensible dans la conduite du tyran, il ne leur parut au contraire qu'un prince juste et humain. Ils louèrent surtout sa foi et sa dévotion, et ne voyant rien en lui que d'agréable au Seigneur, ils ne pouvaient le croire l'objet de la vengeance céleste. L'assemblée se sépara ainsi.

Cependant, soit que le monarque essayât d'en imposer, soit que sa conscience ne l'eût pas disculpé aussi aisément que le clergé, il voulut consulter encore, et députa quelques officiers vers un de ses sujets, nommé Marian, homme renommé pour son savoir et sa prudence. Lassé d'un gouvernement tyrannique, le philosophe s'était retiré dans un bois où il vivait seul, sans crainte et sans désirs. Dès qu'il aperçut les députés, avant même qu'ils lui eussent expliqué le sujet de leur mission, il s'écria : « Dieu avait confié ce royaume à votre maître ; il en a abusé et Dieu l'a puni. Retournez sur vos pas. Au moment où je vous parle, il n'est plus. » Les envoyés s'en revinrent, et ils trouvèrent à leur retour que l'ermite philosophe n'avait dit que trop vrai. Pendant leur absence, les sujets s'étaient révoltés contre le tyran, ils l'avaient assassiné et venaient de se choisir un autre maître.

Bon roi amende le pays, ajoute le poète dans son vieux langage ; et si le roi fait du mal, c'est la terre qui en souffre : ce qui est la pensée d'Horace : *Quidquid délirant reges, plectuntur Achivi.*

---

[66] Ce fabliau est tiré du *Castoiement*. Il ne se trouve pas dans la version de ce castoiement que Barbazan a imprimée.

La vessie du Curé

par Jacques Bazir

Au lieu des fables et des mensonges que d'autres vous débitent, je vais moi, messieurs, vous dire l'histoire d'un certain curé près d'Anvers.

Sa cure était assez bonne ; et d'ailleurs, au lieu de manger, comme bien d'autres, tout son revenu, il eut pendant longtemps le bon esprit d'économiser, de sorte qu'à la fin il se trouva fort riche. Mais la mort, qui n'épargne personne, ni roi ni duc, vint le marquer pour faire le grand voyage. Il devint hydropique[67]. De tous les médecins qu'il consulta, aucun ne lui ayant donné d'espérance, il prit son parti, disposa en œuvres pies de tout ce qui lui appartenait, sans en excepter ni un pot ni une serviette ; et, après avoir ainsi fait ses arrangements et mis sa conscience en repos, il ne songea plus qu'à bien mourir.

Dans cette circonstance arrivèrent frère Louis et frère Simon, deux dominicains d'Anvers, qui avaient prêché dans le voisinage, et qui de temps en temps passaient chez le curé. Ils comptaient y trouver à l'ordinaire bon accueil et bon gîte ; mais pour cette fois il fallut aller chercher à dîner plus loin. Cependant ils demandèrent des nouvelles du malade, ils le questionnèrent sur son état, lui tâtèrent les mains, les jambes, le corps, et d'un air de compassion convinrent qu'il avait trop attendu, et que le mal était crû à un tel point qu'il devenait impossible de l'arrêter.

Comme ils allaient sortir, ils firent réflexion que le curé ayant économisé pendant toute sa vie, il devait avoir dans son coffre beaucoup d'argent, et ils formèrent le projet de lui en escamoter quelque chose. « Nous avons besoin de vingt livres pour notre bibliothèque, se dirent-ils. Si nous pouvions les soutirer à ce bouffi, nous serions bien reçus par le prieur du couvent. » Cette idée leur plut si fort qu'ils résolurent de la mettre à exécution, et en

---

[67] Le terme d'hydropisie est un terme médical historique employé pour désigner tout épanchement de sérosité dans une cavité naturelle du corps ou entre les éléments du tissu conjonctif. Il pouvait donc être synonyme d'« œdème ».

conséquence frère Louis, comme le plus beau parleur des deux, se chargea de l'entreprise.

Il se rapprocha donc du malade, et d'abord, avec le langage onctueux de la dévotion, commença par lui parler de la mort, puis l'exhorta à songer au salut de son âme, et surtout à racheter ses péchés par l'aumône.
« Je m'en suis déjà occupé, répondit le mourant. Des choses dont je puis disposer ici, il n'y en a aucune que je n'aie donnée pour l'amour de Dieu, et tout, jusqu'au lit où vous me voyez souffrir, a sa destination.
— Quoi ! sire, vous avez tout donné ? s'écria le moine surpris. Mais savez-vous que ce n'est pas assez de faire l'aumône, et que pour plaire à Dieu il faut encore, selon l'expression de l'Écriture, examiner comment on la fait.
— Je ne pouvais guère me tromper, répliqua le curé. Ce village m'a nourri jusqu'à présent, je laisse à ses pauvres ma provision de blé qui peut bien valoir dix livres. J'y ai des parents dans le besoin, je leur donne mes vaches et mes troupeaux. J'ai n'ai point oublié les orphelins ni les infirmes ; enfin les béguines ont un legs, et les cordelières cent sous.
— Ces dispositions sont fort édifiantes assurément, reprit le jacobin ; mais nos bons pères, sire, vous les avez donc oubliés ? Un couvent rempli de tant de saints religieux, qui jeûnent sans cesse, qui ne portent point de linge, et qui tous les jours prient le Seigneur pour vous ! Ah ! mon frère ! Dieu ne vous fera point miséricorde. »

Le prêtre, un peu étonné de ce discours, répondit qu'il était au désespoir de s'être tant pressé, mais que malheureusement il n'était plus en son pouvoir de réparer sa faute ; qu'il ne lui restait plus rien à donner, pas un denier, pas un grain de blé. Les deux moines revinrent à la charge. Ils proposèrent de réformer le testament, et de changer la disposition de quelques-uns des legs pour les leur appliquer. À les entendre, c'était la meilleure aumône que pût faire en son état le malade ; et en la lui suggérant ils songeaient moins, disaient-ils, à la détresse de leur monastère, quelque pressante qu'elle fût, qu'à l'intérêt tendre que leur inspirait le salut de son âme.

Cette avidité impudente et si peu chrétienne indigna le curé. Il résolut d'en punir les deux cafards, et avant de mourir de divertir à leurs dépens les bourgeois d'Anvers. « Beaux frères, leur dit-il, après avoir feint de rêver un moment, il me reste bien encore, je l'avoue, un joyau précieux dont je ne vous ai point parlé ; mais pour celui-ci, il m'est impossible de m'en dessaisir avant ma mort ; et, tout désespéré qu'est mon état, m'en offrît-on dans le moment cent marcs[68] d'or, je ne pourrais me résoudre à le céder. Je veux au moins vous le laisser après moi, et je remercie Dieu de vous avoir envoyés ici, tandis que je vis encore, pour me fournir l'occasion de faire une si bonne œuvre. Que votre prieur vienne demain, je lui en ferai la donation solennelle. »

Les moines enchantés partirent aussitôt. Tout en arrivant au monastère, ils firent assembler le chapitre, et ils annoncèrent le coup de maître que leur zèle adroit venait d'opérer, demandant que, pour célébrer cette bonne fortune, il y eût le soir régal au réfectoire. La demande fut reçue avec les plus grands applaudissements et passa tout d'une voix. Le prieur envoya acheter flans et pâtés. Au lieu du vin ordinaire de la dépense, il fit servir tout ce qu'il y avait de meilleur dans la ville en vins vieux et nouveaux. On chanta, on but, on trinqua à l'hydropique et au frère Louis, qui, tout glorieux du succès de son éloquence, faisait des efforts pour affecter une contenance modeste.

Pendant ce temps, toutes les cloches de l'église sonnaient en branle, comme si l'on y eût apporté le corps d'un saint. Les voisins étourdis se demandaient les uns aux autres quelle fête on célébrait le lendemain au couvent. Enfin, au milieu de cette sainte orgie cependant, frère Louis, en politique consommé que les plaisirs et la gloire ne détournent pas de son dessein, remit la conversation sur le

---

68 Le marc est une ancienne unité de masse, valant huit onces ou une demi-livre. Ce terme vient du francique marka adopté par le latin médiéval marca issu du sens « marque, signe » par l'intermédiaire de celui de « lingot de métal muni d'une marque officielle ». Le marc d'argent a donné son nom à diverses monnaies en marc, dont le mark finlandais et le mark allemand. En France, dans les unités françaises prémétriques, le système de masse se disait sous l'Ancien Régime « les poids de marc » et le marc équivalait à environ 244,75 grammes actuels.

joyau, et proposa d'examiner ce qu'il y avait de mieux à faire pour le voyage du lendemain. Pour lui, jaloux de l'honneur d'achever seul son projet, il fut d'avis que sire prieur ne se donnât pas la peine d'aller au village, et il offrit d'y retourner avec frère Gilles, frère Guillaume, frère Nicole et frère Robert. On le laissa maître absolu de conduire cette affaire à son gré. Le vin et la joie avaient même tellement échauffé les têtes, que, quelque chose qu'il lui eût plu de proposer, on y aurait applaudi également.

Le lendemain, dès qu'il fut jour, les cinq compagnons partirent ; et ils ne firent qu'une course jusqu'au village, tant ils craignaient d'arriver trop tard et de trouver le curé mort. Ils le saluèrent dévotieusement au nom de Notre-Seigneur, et lui demandèrent s'il ne se sentait pas un peu soulagé. « Hélas ! non, beaux frères, réponse dit-il. Mon heure s'approche, mais soyez les bien-venus. Je n'ai pas oublié la promesse que je fis hier au frère Louis. Que quelqu'un de vous aille à la ville ; il serait bon d'amener ici le maire et les échevins, afin qu'ils pussent servir de témoins, et que personne ne vous conteste le don que je vous destine. »

C'était là une nouvelle malice de sa part pour les faire trotter encore. Les cinq moines, tout fumants de sueur, tiraient presque la langue comme un lévrier qui a chassé tout le jour. Frère Gilles et frère Robert néanmoins proposèrent de retourner à Anvers ; et malgré leur fatigue, ils recommencèrent leur course. Enfin, au bout de quelques heures, ils amenèrent les magistrats.

Le curé, saluant ces officiers et les priant de s'asseoir, leur adressa ces paroles : « Seigneurs et amis, j'étais hier, ainsi que vous me voyez, gisant sur ce lit de douleur, quand frère Louis que voilà est venu avec un de ses confrères loger chez moi. En digne frère prêcheur il m'a exhorté à la mort, et surtout à faire quelque legs à son couvent pour racheter mes péchés. J'avais eu l'imprudence de disposer de tout ; il m'a représenté, par zèle pour mon salut, que si je ne leur donnais quelque chose, Dieu ne me ferait aucune miséricorde ; et moi, bon chrétien qui ne veux pas être placé parmi les boucs, je me suis rappelé heureusement que j'avais encore un joyau dont je pouvais les gratifier. Je déclare donc en votre présence, doux seigneurs, que je le leur abandonne dès ce moment en toute propriété, et que mon intention est qu'ils en jouissent aussitôt après ma mort. »

Les moines ne savaient trop que penser de ce discours, moitié sérieux, moitié ironique. Ils feignirent pourtant de n'avoir point senti la leçon ; et frère Louis, l'orateur de la bande, pressa le moribond de déclarer enfin aux magistrats quel était ce joyau. « Chers seigneurs, répliqua le curé, c'est ma vessie, dont je leur conseille de faire une aumônière (bourse), pour aller quêter des successions. Ma maladie a dû la rendre ample et large ; elle pourra contenir beaucoup et je souhaite qu'ils la remplissent. »

À ces mots, tout ce qu'il y avait d'assistants dans la chambre, magistrats et autres, se mit à rire d'une telle force, que les frères, confus, se sauvèrent en maudissant frère Louis et son éloquence. Vous dire ce qui leur arriva au retour, c'est ce que j'ignore ; tout ce que je sais, c'est que l'aventure fut bientôt répandue dans la ville, et que pendant longtemps aucun jacobin n'osa s'y montrer. On me la conta lorsque j'y passai ; et elle me parut si plaisante que je la mis aussitôt en romane[69].

---

69 Romane est la langue correspondant au Français primitif, contrairement au latin. Ce testament burlesque et dérisoire est encore une de ces plaisanteries dont on fait communément honneur à Jean de Meung.

Le sacristain[70]

Sire Martin, curé d'un village sur la Seine au-dessus de Nogent, allait de temps en temps en bonne fortune[71] chez une bergère de sa paroisse. Un jour qu'il se trouvait chez elle, et qu'il y était dans un moment de désordre, le bélier du troupeau vient le frapper par-derrière avec ses cornes ; Martin tombe à la renverse et se tue. La bergère va poser le corps à la porte d'un de ses voisins, nommé Adam ; celui-ci, prenant le prêtre pour quelque espion, lui fracasse le crâne d'un coup de hache et le jette ensuite dans un sac à la rivière. Le sac roule sous l'eau jusqu'à Nogent, où il est arrêté dans les filets de deux pêcheurs, nommés Gui et Bernard.

Au point du jour, les pêcheurs allèrent lever leurs filets. La comtesse de Nogent était arrivée la veille à la ville, et ils auraient voulu avoir du poisson à lui offrir. « Compère, dit Bernard, voici qui est bien lourd : c'est sûrement quelque gros brochet ; ma foi, si tu veux me croire, il ne faudra pas le lâcher à moins de vingt ou trente sous. » Ils eurent beaucoup de peine à tirer le filet dans le bateau, et furent fort étonnés de trouver un sac au lieu d'un poisson. Cependant leur joie n'en fut que plus grande, parce qu'ils crurent que c'était un paquet de hardes. Aussi prirent-ils le parti de ne point l'ouvrir sur la rivière, de peur d'être trahis si on les apercevait ; mais de l'emporter ainsi chez eux, et là de partager librement leur trouvaille. Gui se chargea donc de retrousser les filets, et Bernard pendant ce temps porta le sac à son logis. « Lève-toi, dit-il à sa femme en arrivant, et viens m'aider à vider ce paquet. Tiens, voilà ce que Dieu nous a envoyé aujourd'hui ; grâce à lui, nous n'avons

---

70 Ce conte est une imitation du Sacristain de Cluny ; et l'auteur n'a pas voulu qu'on s'y trompât, car il l'a intitulé de même le Sacristain, quoiqu'il n'y soit question que d'un curé. Son but a été, ce semble, de signaler l'ignorance et l'avidité des juges de son temps ; et surtout de tourner en ridicule les combats judiciaires, ainsi qu'une ancienne superstition qui régnait alors et qui faisait croire que le cadavre d'un homme assassiné saignait à l'aspect de son meurtrier. Cette opinion faisait partie de la physique du temps, et c'était une de celles qu'on traitait dans les écoles.

71 Ah ! Qu'en termes galants ces choses-là sont mises ! Molière Jean-Baptiste Poquelin - Le Misanthrope (1666), I, 2, Philinte.

plus besoin de travailler d'ici à longtemps. » Mais quand ils eurent ouvert et qu'ils virent le tonsuré avec son crâne fracassé, ils furent saisis d'un tel effroi qu'ils se sauvèrent dans la rue.

En ce moment parut Gui, auquel son camarade raconta combien leurs espérances étaient trompées. « À d'autres, à d'autres, répondit-il ; tu me prends pour quelque sot apparemment ; mais pardieu tu n'as pas trouvé ton homme : je saurai bien me faire rendre justice par la comtesse et ses barons, et j'y mangerai jusqu'à mon chaperon, s'il le faut. » Bernard eut beau protester avec serment qu'il n'avait rien pris ; il eut beau offrir de rendre le paquet en son entier, l'autre l'accusa d'avoir tué un prêtre, et de lui faire accroire pour le rendre complice du meurtre, que le prêtre s'était trouvé dans le sac.

« Tu mens, reprit Bernard, je n'ai tué personne ; et si tu avais l'effronterie d'avancer cette fausseté en justice, je demanderais le champ clos[72].

— Eh bien ! tu n'as qu'à le demander, répliqua le premier, car pas plus tard que ce matin, je vais porter ma plainte au prévôt. »

Cet officier était assis devant sa porte avec six notables bourgeois, en attendant qu'il lui vînt quelque cause à juger. Dès qu'il eut entendu Gui, il envoya aussitôt un de ses gens chercher l'accusé. Ce dernier ayant comparu, le juge s'assit sur son perron et parla ainsi : « Bernard, ce prud'homme vous accuse d'une action qui n'est pas honnête. Il prétend que ce matin vous avez trouvé ensemble un sac plein de hardes et que vous lui en avez volé sa part. Si le fait est vrai, il faut en convenir, ou sinon vous devez vous attendre à être puni. »

Le pêcheur, après avoir juré de dire la vérité, avoua que Gui et lui avaient en effet trouvé un sac dans leurs filets, mais il protesta en même temps que le sac ne contenait qu'un corps mort. « Tu as menti à la justice, reprit le prévôt. Il y avait des habits dans le sac, ainsi je te condamne pour ta peine à m'en rapporter tout autant qu'il pourra en contenir. Mais ce n'est pas tout. Voilà un homme mort, il s'agit maintenant de savoir qui de vous deux l'a tué. » Gui jura que,

---

72 Champ sur lequel se déroulaient les tournois chevaleresques. Lieu ou moment où se vide un différend.

pour lui, il était innocent. Il avança que si quelqu'un avait fait le meurtre, ce ne pouvait être que Bernard, et il offrit de le prouver par le combat en champ clos. À ces paroles Bernard, s'approchant pour donner son gage, demanda de même à prouver son innocence les armes à la main. « Je vous accorde le champ, dit le prévôt. Le combat sera lundi prochain dans le pré hors de la ville : nous verrons lequel de vous deux Dieu et justice favoriseront. »

Ce lundi était jour de marché. Vous jugerez par là quelle affluence de monde il dut y avoir au lieu du combat. À peine le prévôt put-il conserver l'enceinte libre. Il y fit apporter le cadavre, et avant tout il annonça que le vaincu serait écorché vif avec le prêtre. Mais le bon de l'aventure, c'est qu'aucun des deux champions n'était coupable. Dieu pour le coup allait se trouver étrangement embarrassé, et le diable s'apprêtait à bien rire.

Quand les deux villains furent entrés dans l'enceinte, on apporta des reliques. Gui s'avançant le premier et se mettant à genoux, jura sur les corps saints que non seulement il n'avait pas tué le prêtre, mais qu'il ne l'avait même vu ni mort ni vivant. Ensuite vint Bernard, qui déclara aussi avec serment qu'il était innocent du meurtre. Alors nos deux champions prirent les armes et se préparèrent au combat mais le plus hardi des deux tremblait de tous ses membres.

Gui d'abord allongea à son adversaire un grand coup de bâton qui fut sans effet, il est vrai, parce qu'il ne porta que sur sa harasse[73]. Un second dont il redoubla fut plus heureux, car il atteignit Bernard sur la tête, et le fit même tomber sur les genoux. Mais celui-ci, se relevant en fureur, jeta par terre sa harasse, et courut sur son ennemi qu'il saisit par le milieu du corps pour le terrasser. Ils luttèrent quelque temps ensemble, cherchant mutuellement à s'abattre et n'en pouvant venir à bout.

Heureusement pour eux, Dieu en ce moment les vit du haut du ciel. Il ne voulut point que deux honnêtes chrétiens s'étranglassent ainsi sans motif, et il résolut de terminer le combat par quelque signe

---

73 Filet de corde à mailles serrées et nouées, en forme de panier. On est, à mon humble avis, dans une parodie des combats de chevaliers avec leurs cottes de maille (NdE).

miraculeux, et de montrer aux habitants de Nogent quelle était sa puissance.

Tout-à-coup la bergère chez qui le prêtre avait été tué vint à passer avec son troupeau. Mais à peine le bélier, auteur du meurtre, fut-il arrivé à une légère distance du cadavre, qu'à l'instant les plaies s'ouvrirent et saignèrent. Au cri que ce prodige fit jeter à l'assemblée, le prévôt ordonna d'arrêter la bergère et de suspendre le combat. C'est ce qui pouvait arriver de plus heureux pour nos deux poltrons. Déjà leur courage était aux abois, et peu s'en fallait qu'ils ne s'avouassent à la fois tous deux vaincus.
« L'assassin est sûrement ici, ajouta le prévôt, la chose est certaine.
— Oui, s'écrièrent les assistants, mais comment le découvrir ?
— Oh ! c'est là le moindre de mes embarras, répartit le sire, et vous allez voir quel homme je suis. »

En parlant ainsi, il fit mettre le mort sur la harasse d'un des villains, et placer la harasse sur un buisson. Il commanda ensuite que toutes les personnes qui étaient dans le pré se réunissent en pelotons et que toutes passassent successivement, l'une après l'autre, à côté du cadavre. Il espérait par là reconnaître à l'approche de qui les plaies saigneraient. La bergère fut appelée à son tour, mais ni elle ni tout ce qui était là de spectateurs n'excita une seule goutte de sang.

Néanmoins il restait encore le troupeau à examiner. Or, l'habile juge était, comme vous l'avez vu, et trop instruit de ses devoirs pour omettre un point aussi essentiel, et trop intègre en même temps pour dérober au supplice des moutons coupables s'ils méritaient la mort. Il ordonna donc pour eux ce qu'il avait ordonné pour les assistants. En cela éclata clairement sa profonde sagesse ; car le bélier homicide ne fut pas plus tôt près du mort, qu'à l'instant le sang en sortit à gros bouillons. « Je tiens le meurtrier ! » s'écria le prévôt, et aussitôt il fit approcher la bergère.

Celle-ci interrogée avoua que le prêtre avait, à la vérité, été tué chez elle par le bélier, et qu'elle l'avait porté ensuite à la maison d'Adam ; mais elle soutint qu'on ne pouvait en justice lui en faire un crime, et d'un ton très résolu elle ajouta que si le prévôt l'entreprenait, elle en appelait d'avance à la comtesse. Cet officier la voyant si déterminée, loin de la blâmer, loua, au contraire, sa conduite et trouva qu'elle parlait bien. Il envoya chercher Adam néanmoins, dans l'espérance qu'il aurait peut-être meilleur marché de celui-ci. Adam, en convenant qu'il avait jeté le cadavre à la rivière, prétendit comme la bergère qu'il n'y avait pas là de quoi le blâmer, et il en appela au comte.

Quand le prévôt vit qu'il ne gagnerait rien avec ces gens-là, il prit le parti de terminer l'affaire. Il renvoya donc les deux champions chez eux, il fit inhumer le mort, et ainsi fut terminé le procès.

Ceci nous prouve que l'on doit toujours s'abstenir de mal faire. En vain vous avez choisi les ténèbres pour commettre un crime, en vain vous avez pris toutes les précautions possibles pour le tenir caché, le diable est encore plus malin que vous ; il vous fera découvrir et vous serez sa dupe.

L'arracheur de dents

J'ai connu en Normandie un certain maréchal qui était renommé pour son savoir. De toutes parts on accourait le consulter, et sa maison ne désemplissait pas ; mais en quoi il excellait surtout, c'était à arracher les dents des villains. Voici comment il s'y prenait.

Après avoir visité la bouche du souffrant : « Cette dent-là ne vaut rien, disait le forgeron, il faut la déloger ». Alors il prenait un fil de fer, et liait avec un des bouts la dent malade, puis faisant mettre à son homme un genou en terre et tourner le dos à la forge, il lui approchait la tête contre son enclume, à laquelle il attachait l'autre bout du fil. Pendant ce temps il faisait rougir un fer dans sa forge. Quand tout était prêt : « Tiens bien, disait-il au villain », et *bst !* il lui passait sous le nez le fer étincelant.
L'autre, de surprise et d'effroi se jetait en arrière et avec une telle force, qu'ordinairement il tombait à la renverse ; mais de l'effort aussi la dent partait et elle restait au fil[74].

---

74 Qu'on ne s'étonne pas de ces méthodes barbares. Dans *l'Histoire de France pour ceux qui n'aiment pas ça*, Catherine Dufour nous dit, à propos de Louis XIV, pourtant censé être le mieux loti (Livre de Poche, page 228) : « Non seulement il n'a plus de dents, mais, en les lui arrachant, son "dentiste" lui a aussi arraché la moitié du palais. » Nous sommes au XVII° siècle, celui de Molière et des Diafoirus (les guillemets sont de moi).

Les deux bourgeois et le villain

Deux bourgeois allaient en pèlerinage. Un paysan qui se rendait au même terme s'étant joint à eux dans le chemin, ils firent route ensemble et réunirent même leurs provisions.
Mais à une demi-journée de la maison du saint, elles leur manquèrent, et il ne leur resta plus qu'un peu de farine, à-peu-près ce qu'il en fallait pour faire un petit pain. Les bourgeois, de mauvaise foi, complotèrent de le partager entre eux deux et d'en frustrer leur camarade, qu'à l'air grossier qu'il avait montré ils se flattaient de duper sans peine. « Il faut que nous prenions notre parti, dit tout haut l'un des citadins ; ce qui ne peut suffire à la faim de trois personnes peut en rassasier une, et je suis d'avis que le pain soit pour un seul. Mais afin de pouvoir le manger sans injustice, voici ce que je propose. Couchons-nous tous trois, faisons chacun un rêve, et qu'on adjuge le pain à celui qui aura eu le plus beau. »

Le camarade, comme on s'en doute bien, applaudit beaucoup à cette idée. Le villain même l'approuva et feignit de donner pleinement dans le piège. On fit donc le pain, on le mit cuire sous la cendre, et l'on se coucha. Mais nos bourgeois étaient si fatigués qu'involontairement bientôt ils s'endormirent. Le manant plus malin qu'eux n'épiait que ce moment. Il se leva sans bruit, alla manger le pain, et revint se coucher.

Cependant un des bourgeois s'étant réveillé et ayant appelé ses deux compagnons :
« Amis, leur dit-il, écoutez mon rêve. Je me suis vu transporté par deux anges en enfer. Longtemps ils m'ont tenu suspendu sur l'abîme du feu éternel. Là, j'ai vu les tourments.
— Et moi, reprit l'autre, j'ai songé que la porte du ciel m'était ouverte : les archanges Michel et Gabriel, après m'avoir enlevé par les airs, m'ont conduit devant le trône de Dieu ; j'ai été témoin de sa gloire » ; et alors le songeur commença à dire des merveilles du paradis, comme l'autre en avait dit de l'enfer.

Le villain, pendant ce temps, quoiqu'il les entendît fort bien, feignait toujours de dormir. Ils vinrent le réveiller. Lui, affectant l'espèce de saisissement d'un homme qu'on tire subitement d'un profond sommeil, cria avec un ton effrayé :
« Qui est là ?
— Eh ! ce sont vos compagnons de voyage. Quoi ! vous ne nous connaissez plus ? Allons, levez-vous, et contez-nous votre rêve.
— Mon rêve ! Oh ! j'en ai fait un singulier, et dont vous allez bien rire. Tenez, quand je vous ai vu transportés, l'un en paradis, l'autre en enfer, moi j'ai songé que je vous avais perdus et que je ne vous reverrais jamais. Alors je me suis levé, et ma foi, puisqu'il faut vous le dire, j'ai été manger le pain. »

Estula

Il y eut jadis deux frères sans père ni mère pour les réconforter, et sans aucune autre compagnie. Pauvreté était leur grande amie, en tous temps elle était leur compagne. Or c'est ce qui mutile le plus les gens qu'elle fréquente : il n'est pas de mal plus douloureux.

Les deux frères dont j'ai à vous parler partageaient la même existence. Une nuit qu'ils étaient particulièrement en proie à la faim, à la soif et au froid – chacun de ces maux accable souvent ceux que Pauvreté tient sous sa coupe – ils se mirent à imaginer comment ils pourraient se protéger contre Famine qui les tourmentait : la famine apporte souvent de terribles tourments.

Un homme riche, très à l'aise, habitait tout près de leur maison. S'il avait été pauvre, on l'aurait considéré comme fou. Dans son jardin il y avait des choux et dans sa bergerie des brebis. Les deux frères se dirigèrent de ce côté-là : Pauvreté fait commettre des folies à plus d'un homme. L'un des frères mit un sac à son cou, l'autre un couteau en sa main. Par un sentier ils déboulèrent dans le jardin où l'un d'eux s'accroupit : sans se soucier de faire des mécontents, il coupa des choux à travers le potager. L'autre se dirigea vers la bergerie pour en ouvrir la porte. Parvenu à ses fins, il lui sembla que l'affaire se présentait bien. Il tâtonna en quête du mouton le plus gras.
Mais on était encore à table dans la maison si bien qu'on entendit nettement la porte de la bergerie quand il l'ouvrit. Le paysan appela son fils :
— Va voir ce qui se passe dans la bergerie, et rappelle Estula (C'était le nom du chien).

Le jeune homme alla de ce côté-là et appela : « Estula ! Estula ! »
Celui qui était dans la bergerie répondit : « Oui, oui, je suis là. »

Il faisait nuit noire en sorte qu'il ne pouvait apercevoir celui qui lui répondait de là-bas ; mais il était tout à fait persuadé que c'était le chien qui lui avait répondu. Sans attendre une minute de plus, il revint sur ses pas : il faillit s'évanouir de peur.

— Qu'as-tu, cher fils ? lui dit le père.
— Sire, par la foi que je dois à ma mère, Estula vient de me parler.
— Qui ? Notre chien ?
— Oui, par ma foi. Et si vous ne voulez pas me croire, appelez-le, et vous l'entendrez parler.

Le paysan se précipita dans la cour pour voir la merveille. Il appela Estula son chien, et le voleur qui ne se doutait de rien répondit :
— Oui, oui, je suis ici.
Le bonhomme en fut stupéfait :
— Cher fils, par l'Esprit saint, j'ai entendu bien des aventures, mais jamais une comme celle-ci. Dépêche-toi, raconte la merveille au prêtre, et amène-le avec toi. Dis-lui aussi d'apporter avec lui l'étole et l'eau bénite.

Le fils ne perdit pas une minute si bien que le voici chez le prêtre :
— Venez tout de suite, lui dit-il, entendre la merveille : jamais vous n'avez entendu la pareille.
— Je pense que tu es fou pour vouloir maintenant m'emmener là-bas : je suis pieds nus, je ne puis y aller.
— Si, vous viendrez, répondit illico le garçon : je vous porterai.

Et le prêtre de prendre son étole et de monter, sans un mot de plus, sur le dos du jeune homme qui reprit le chemin qu'il avait suivi, car il voulait aller au plus court. Il descendit tout droit par le sentier qu'avaient emprunté les deux frères en quête de victuailles. Celui qui était en train de cueillir les choux aperçut la forme blanche du prêtre : il s'imagina que c'était son compère qui lui apportait du butin, et il lui demanda au comble de la joie :
— Tu apportes quelque chose ?
— Ce que je devais, fit le garçon, croyant que c'était son père qui avait parlé.
— Vite, jette-le par terre, dit l'autre. Mon couteau est frais émoulu, je l'ai fait aiguiser hier à la forge : il aura vite la gorge tranchée.

Quand le prêtre l'entendit, il crut qu'on l'avait trahi. Il sauta du cou du fils qui fut tout aussi effrayé et s'enfuit aussitôt. Le prêtre sauta dans le sentier, mais son surplis s'accrocha à un pieu où il le laissa, car il n'osa pas y rester assez longtemps pour le décrocher. Quant à celui qui avait cueilli les choux, il ne fut pas moins ébahi que ceux qui s'enfuyaient à cause de lui, car il ignorait qui ils étaient. Néanmoins il alla prendre l'objet blanc qu'il vit pendre au pieu ; il s'aperçut que c'était un surplis. Cependant, son frère était sorti de la bergerie avec un mouton, et il appela son compère dont le sac était plein de choux. Les épaules lourdement chargées, ils n'osèrent pas s'y attarder davantage, mais ils regagnèrent leur maison qui était toute proche. Alors celui qui avait récolté le surplis montra son butin. Ils en plaisantèrent et rirent longuement, car ils avaient retrouvé le rire qui, auparavant, leur était interdit.

En peu de temps Dieu fait son œuvre, et tel rit au matin qui le soir pleure.

Table des Matières

AVIS	7
Trouvères, Ménestrels et Goliards	9
Du villain Asnier	15
Brifaut	16
Brunain, la vache du curé	18
Les deux Chevaux	20
Le Convoiteux et l'Envieux	22
Le Curé qui mangea des mûres	24
Le Dit du Buffet	26
Le Dit des Perdrix	28
Du Jongleur qui alla en enfer	31
Le villain de Farbus	36
De sire Hain et dame Anieuse	39
La Housse partie	42
Les Jambes de bois	49
Le Larron qui embrassa un rayon de lune	51
Le Tailleur du Roi et son apprenti	53
Le Prudhomme qui sauva son compère	55
La Sacoche perdue	57
Le Testament de l'âne	59
Les Trois Aveugles de Compiègne	61
Les Trois Bossus	68
La Vieille qui graissa la patte au chevalier	72
Le Villain Mire	73
Du Villain et de l'Oiselet	79

Du Villain qui conquit le paradis par Plaid	81
Le jugement sur les barils d'huile mis en dépôt	84
De l'enfant qui fondit au soleil	86
Les deux parasites	88
Le pauvre mercier	89
Du curé qui eut une mère malgré lui	93
Du marchand qui alla voir son frère	96
Du curé et des deux ribauds	97
Du prud'homme qui renvoya sa femme	100
De la dame qui fut corrigée	101
Bérenger	108
Du poète et du bossu	112
Du prud'homme qui donna des instructions à son fils	113
Des deux bons amis	116
De celui qui mit en dépôt sa fortune	121
Le grand chemin	123
Des trois larrons ou De Haimet et de Barat	124
La veuve	130
Du jeune homme aux douze femmes	134
La patenôtre de l'usurier	137
Marian	139
La vessie du Curé	140
Le sacristain	145
L'arracheur de dents	150
Les deux bourgeois et le villain	151
Estula	153